BAAL BABILONIA

FERNANDO ARRABAL

Baal Babilonia

Preliminar de
ÁNGEL BERENGUER

SEIX BARRAL

Primera edición: 1977
(Cupsa Editorial, Madrid)

Cubierta: Neslé Soulé

Primera edición en Col. Seix Barral:
abril 1983

Edición preparada por
ÁNGEL BERENGUER

©1977 y 1983: Fernando Arrabal

Derechos reservados para esta edición:
©1983: Cupsa Editorial

ISBN: 84 322 4534 8

Depósito legal: B. 11299 1983

Impreso en España

PRELIMINAR

«Papá murió. Quizás haya sido mejor para todos. ¡Qué dura carga hubiera sido! Además, fue castigado por sus faltas. No olvides que hasta Dios castiga a los culpables. La Biblia dice: "Castigaré a Baal en Babilonia". Pero es necesario que lo sepas: yo no tengo nada en la conciencia. Yo sólo he vivido para vosotros. He sido siempre demasiado buena.»

Para Fernando Arrabal —el hijo de *Baal* en *Babilonia*— estas palabras de la madre forman el núcleo inhóspito de su deambular por el mundo cercado de los *tempos* perdidos. Entre la justificación —confesión— materna y el vívido recuerdo del padre que enterraba amorosamente sus piececillos de niño en la arena de una playa en Melilla, se teje la maraña de una relación problemática: la del héroe-narrador (Arrabal) con el universo confuso y destrozado de su infancia perdida.

Las hojas secas del pasado perdido reverdecen en las páginas de esta novela para acompañar el gesto —la encuesta— del protagonista —niño que escucha/hombre que pregunta— en el proceso de comprender —estructurar— las respuestas confusas del universo que le rodea. En medio del camino, relata la flor de sus recuerdos y nos hace el presente de su intimidad —o cómo nació su personalidad contradictoria en los brotes primeros de su líbido.

Arrabal es, hoy, el dramaturgo «francés» más representado en el mundo, lo que no ha impedido que ésta su primera novela circule desde hace tiempo —en ediciones de bolsillo— en los países de habla inglesa y francesa. No extrañe, pues, a nadie que Azorín, tras leer el manuscrito de esta novela —hoy presentada por primera vez en castellano—, confiara a su autor la gran estima en que la tenía consi-

derándola «entre las mejores de la posguerra». Si Arrabal
sobresale como dramaturgo —y en cuanto tal es estudiado
sistemáticamente—, va siendo hora de que su narrativa
—aún con veinte años de retraso— sea conocida en la
lengua que la vio nacer.

1. LAS NOVELAS DE ARRABAL

Si, como acabamos de decir, Arrabal representa, en este
momento, un papel de primera importancia en el teatro
del mundo, no debe olvidarse su interés por la poesía que
cultiva desde los años 50 dentro de la tradición vanguardista. Escribe decenas de sonetos *pánicos*, solo o con Luce
—su esposa— y, a veces, al alimón con amigos como
Arroyo. Esta escritura «en compañía», típicamente vanguardista, le viene, como hemos mostrado en otro sitio[1],
de su proximidad al movimiento *postista* que floreció —y
se ahogó sin remedio— en la España del lustro que inició
el final de la Guerra Mundial en su segunda edición.

De la narrativa *postista*, como veremos más adelante,
nace la novela arrabaliana[2]. El autor escribe tres, que se
publican en Francia muy pronto: *Baal Babylone* (Julliard,
Paris 1959), *L'enterrement de la Sardine* (Julliard, 1961) y
Fêtes et rites de la Confusion (Losfeld, Paris 1967). *Arrabal
celebrando la ceremonia de la confusión*, su «última» novela,
aparece en España (Alfaguara) en 1966. Había ya publicado
(Julliard, 1963) un libro «pánico», *La Pierre de la Folie*,
del que algunos textos aparecieron en el número uno de
la revista surrealista *La Brèche* en septiembre de 1962.

1. Véase nuestro prólogo a la edición crítica de tres obras de
Arrabal: *Pic-Nic*, *El Triciclo* y *El Laberinto*, que debe aparecer muy
pronto en Cátedra, Madrid.
2. En el número único de la revista *Postismo* a que nos referimos,
aparecido en enero de 1945, se encuentran dos cuentos «postistas» en
los que, de alguna manera, está la voz y el transfondo de la narrativa
arrabaliana: «Un hombre poco común o el hombre de los pañuelos»,
de Chicharro-Sernesi (los fundadores con Ory del movimiento postista) y «Botellas viejas y mujeres viejas» de Tomás Borrás (págs. 14
y 11 respectivamente).

¿Qué ofrece la estructura novelesca al dramaturgo Fernando Arrabal? En primer lugar, la libertad de proponer un universo amplio en el que la problemática realidad ofrece sus mil espejos divergentes y confusos. Frente al muy estricto y concentrado discurso dramático se alza el amplio y blanco espacio de la narración en el que el autor encuentra la posibilidad de estructurar un discurso, una estructura, abierta[3].

La primera característica sobresaliente de la novela de Arrabal, en relación con su teatro, es la existencia en ella de una progresión temporal que no existe, sino como referencia, en el teatro que el autor escribe mientras trabaja las distintas versiones de *Baal Babilonia*. Bien es verdad que el núcleo del relato —en realidad, uno de los núcleos aunque sirva de trama principal a la novela— describe un pasado en tiempo imperfectivo que cataliza la memoria actualizante del autor, pero no es menos cierto que el tiempo presente —con todas las connotaciones de inviabilidad que existen en la obra dramática— adquiere su funcionalidad, e incluso se proyecta en un futuro problemático en la novela.

Por otra parte, al espacio concreto, circular y degradado de los dramas, se opone la pluralidad espacial de *Baal Babilonia*. No debe, sin embargo, entenderse esta diversidad espacial como signo de apertura del universo imaginario. En realidad, los espacios son «plurales» pero no abiertos. El hilo de la «historia» se teje en diferentes lugares, pero todos ellos conservan un carácter similar de *encierro*. Desde el castillo de Villa Ramiro (lugar cerrado, connotado de 'cerco') hasta la habitación del sanatorio antituberculoso (donde se separa a los enfermos del mundo «sano»), pasando por el círculo de la plaza de toros en Villa Ramiro, el piso en Madrid y la habitación de tía Clara, los espacios significativos de la novela mantienen el carácter cercado del primer teatro del autor.

---

3. No queremos decir que rompa con su visión del mundo. Como ya hemos estudiado en su primer teatro *(L'exil et là cérémonie*, Col. *10/18*, Paris 1977), el universo de esta novela transpone la visión cercada y 'exiliada' de los primeros héroes arrabalianos.

Sin embargo, Arrabal —Ulises acorralado— encuentra en la novelesca una estructura que le permite describir los espacios vívidos del tiempo pasado, perdido y necesario. Si la novela es, también, una expresión del héroe en el tiempo, el hijo de *Baal* busca en los espacios «babilónicos» de su pasado el sentido preciso del universo hostil que le rodea.

Precisamente al buscar la expresión adecuada para el conjunto de informes que el pasado le envía modificando con ellos su devenir presente, encuentra la novela. En ella el héroe problemático se debate —en un medio hostil— para sobrevivir en el cerco de sus contradicciones. Pero no acaba ahí la aventura formal arrabaliana. Cuando se le ofrece la posibilidad de «escribir» una película, reconoce enseguida las posibilidades «narrativas» de la expresión cinematográfica y surge —desde *Baal Babilonia*— su primera película: *Viva la Muerte*.

Al homologar el carácter «narrativo» de una y otra expresión artística, Arrabal comprende lo específico de ambas. «Escribe» durante meses el relato cinematográfico solo, en la intimidad necesaria de una sala de montaje londinense. Lo mismo ocurre con las películas que seguirán. *El árbol de Guernica* fue antes novela —nunca publicada— y su segundo film, *J'irai comme un cheval fou*, nace de una obra dramática en la que el universo exterior aparece en los sueños ceremoniales y en la actualización del pasado de un *emperador* asirio redivivo, único superviviente de una catástrofe aérea que aterriza en el imperio de un *arquitecto* primitivo y entrañable. Dos mundos que se encuentran. Una base perfecta para ser desarrollada en la «narrativa» del cinematógrafo. Así, desde el espacio cerrado —isla— de la obra dramática pasamos en la película a las abiertas arenas del desierto desde donde la cámara nos lleva al «relato» del mundo civilizado que sólo aparece en el drama a nivel imaginario, vehiculado por la riqueza dramática de su construcción.

En general, la crítica arrabaliana ha seguido, para esta novela, la datación propuesta por Bernard Gille[4] que sitúa en 1958 el inicio de su composición. También nosotros aceptamos la fecha de nuestro colega en un principio, hasta el momento en que hemos manejado el manuscrito original de la novela. Es verdad que la redacción final de la misma corresponde a 1958, si como redacción consideramos la ordenación final de los capítulos que contiene la novela.

En el manuscrito original utilizado para fijar el texto de esta edición en la colección *Grandes Narradores* de Cupsa editorial, hemos encontrado dos tipos de capítulos. Unos (31 de los 80 que contiene la versión definitiva) redactados en España, a máquina (con caracteres castellanos) y los demás, posteriores, mecanografiados en otra máquina distinta, de tipos franceses. Conocedores del hábito arrabaliano de volver a utilizar textos anteriores, consultamos con el autor la verdadera fecha del primer manuscrito. En realidad, este primer núcleo de *Baal Babilonia*, se escribió en Valencia en 1951 cuando el autor trabajaba en la Papelera Española de aquella ciudad.

El primer manuscrito que constaba de 32 capítulos (de los cuales ha desaparecido el número 12) se desarrolla ampliamente en la estancia de Arrabal en el sanatorio antituberculoso de Bouffémont que sigue a su operación de 1956. Así, pues, termina la redacción de *Baal Babilonia* en 1957, y en 1958 ordena los capítulos en su forma definitiva durante una «tournée» por provincias con la compañía de Jean Marie Serrau, en la que, a veces, representa algún papel como actor.

En la primera versión de la novela, Arrabal ha desarrollado ya el núcleo de su creación, al que añade posteriormente los nuevos «espacios» incorporados en su experiencia francesa. Queda pues, en el aire, la pregunta: ¿cómo Arrabal, en la España de 1950, puede plantearse la práctica de este tipo de narración? Ya hemos señalado más arriba

4. BERNARD GILLE, *Arrabal*, París, Seghers, 1970, p. 182.

una respuesta posible: su contacto con el movimiento vanguardista del *postismo*. Los cuentos «postistas» que aparecen en el número único de la revista *Postismo*, dan fe de la existencia de una práctica narrativa *alternativa* en la España de la época que, de alguna manera, permitió el desarrollo de la tendencia llamada realista, mientras anulaba y condenaba al olvido la alternativa propuesta por el modo de hacer de los vanguardistas.

Arrabal había ideado ya —desde su primer esbozo valenciano— una estructura para su novela. Capítulos cortos en los que se tejen varias «anécdotas» y que son intercambiables, como demuestra su reorganización de 1958. *Baal Babilonia* admite, pues, varias lecturas: la del primer manuscrito, la del manuscrito definitivo y la de las diferentes series que se unen alrededor de una misma «anécdota». Para dar un ejemplo de esas posibles lecturas, proponemos, a continuación la correspondencia de los dos manuscritos:

Ms. final/1er. ms.				1er. ms./Ms. final		
1= 1	12=15	25=20		1= 1	11=10	21=19
2= 5	14=13	27=27		2= 8	12= 0	22=30
3= 6	15= 8	28=23		3=11	13=14	23=28
4= 4	16=18	29=30		4= 4	14= 5	24=22
5=14	17=17	30=22		5= 2	15=12	'25=23
6= 9	19=21	33=28		6= 3	16=47	26=24
8= 2	21=19	34=29		7=50	17=17	27=27
9=10	22=24	36=31		8=15	18=16	28=33
10=11	23=25	47=16		9= 6	19=21	29=34
11= 3	24=26	50= 7		10= 9	20=25	30=29
		78=32				31=36
						32=78

¿Qué importancia puede tener el carácter tan versátil de la estructura novelesca empleada por Arrabal? Habíamos oído ya alguna vez al autor referirse a la novela *Rayuela* de Cortázar como «novela pánica». En realidad, nunca habíamos pensado detenidamente en la posibilidad de una coincidencia entre ambos autores, pero surgen ahora ciertos elementos irrefutables que nos obligan a proponer la existencia de una posible relación entre la obra del argentino, radicado en París desde 1951, y la narrativa arrabaliana anterior —como hemos visto— a la instalación definitiva del autor español en la capital francesa, ocurrida en 1955.

Sabemos que Cortázar escribió *Rayuela* después de 1960[5] y que el autor «siempre ha sido un gran carterista intelectual. Saber aprovechar la casualidad y la coincidencia, dice, es una de las formas del arte»[6]. No se trata, en absoluto, de pensar nada de lo que la cita precedente pudiera connotar de negativo. Insistimos en la existencia de coincidencias que unirían a dos autores de primera importancia en las letras hispanas actuales. Entre *Rayuela* y *Baal Babilonia*, existe el abismo que individualiza a dos montañas majestuosas, surgidas de un mismo movimiento telúrico que puso en marcha, por los mismos años, una misma experiencia de exilio marginal, similares gustos por la vanguardia, idéntico interés por la obra estructural y precisa, así como el sentimiento profundo de que los héroes marginales pueden, también, escribir la Historia.

Coincidencias como la obsesión del *laberinto*, el carácter ceremonial de la *Rayuela*, la experiencia vital formalizada en cuento, «anécdota» fantástica, así como las de una estructura formal parecida, nos llevan a presentar una evidencia suplementaria. Cortázar, nos dice Arrabal, conocía bien a Jodorowski a través de Catherine Harlé, fotógrafo en cuya casa se reunieron muchas veces los «pánicos». Así, la relación existió y pudo, de algún modo aparecer en *Rayuela*, si tenemos en cuenta la existencia en la novela de un grupo de marginales —miembros de un llamado «Club de la Serpiente»— que Evelyn P. Garfield describe así: «Oliveira and his bohemian friends often gather for what they call the Serpent Club. Among the members are Ossip Gregorovius, who is a Russian intellectual, a North American couple Babs and Ronald, two Frenchmen Etienne and Guy, the Chinese Wong and the Spaniard Perico. In smoke-filled rooms, they listen to jazz and

5. Luis Harss, *Los nuestros*, Buenos Aires, Editorial Sudamericana, 1973, pp. 259-260.
6. *Ib.*, p. 260.

15

converse about literature, music, philosophy and art »[7] No resistimos la tentación de relacionar la cita anterior con el Grupo Pánico (quizás relacionado con el Club de la Serpiente) en el que Jodorowski puede tener que ver con Gregorius, Etienne —el dibujante— con Topor y algo de Arrabal se transluzca en el personaje de Perico. Bien es cierto que *Rayuela* es otra cosa, pero también lo es que existen coincidencias que podrían, quizás, aclarar a los especialistas una parcela de la génesis de la genial novela de Cortázar.

3. LA NOVELA «PANICA» Y SU ESTRUCTURA FORMAL

Nacida del vanguardismo como respuesta expresiva a una realidad opresiva y deshumanizada[8], la novela pánica afirma la «libertad» del escritor frente a un «sistema» contradictorio y represivo. Dicho «sistema» puede ser, también, la emanación de un régimen preciso, una persona concreta o un núcleo de relación. En el universo imaginario de la creación, la personificación impuesta por el medio expresivo, puede individualizar al «sistema» en la madre, el amigo, el intermediario o el 'oficiante' de cualquier ceremonia.

Precisamente, el Grupo Pánico se separa de los surrealistas a causa del carácter represivo que presentaba Breton, su 'oficiante' amigo de «expulsar» «perdonar», «reintegrar», etc., a quienes consideraba 'disidentes'.

En el grupo pánico nadie puede decidir lo que es «pánico» y lo que no lo es (como Breton hacía en el grupo surrealista), porque *todo* es pánico. Conviene recordar, a la hora de enjuiciar el movimiento que inició Arrabal con Jodorowski y Topor, el deseo profundo de libertad que inspira su nacimiento. Frente a toda opresión impuesta por cualquier núcleo de relación humana, se alza la breve y palmaria presencia del dios Pan, divinizando todo aún sin encubrir lo humano.

7. EVELYN PICON GARFIELD, *Julio Cortázar*, Nueva York, Frederick Ungar, Publishing Co., 1975, pp. 91-92.
8. Véase la nota número 1.

No lejos del nacimiento del *pánico* anda Witold Gombrowicz (también presente en *Rayuela* —p. 614—) cuando afirma: «Voici: le temps est venu, l'heure a sonné, essayez de surmonter la forme, de vous afranchir de la forme! Cessez de vous identifier à ce qui vous limite. Vous qui êtes artiste, essayez d'éviter l'expression de vous-mêmes. Ne faites pas confiance à vos propes paroles. Méfiez-vous de votre foi et ne croyez pas à vos sentiments. Dégagez vous de votre apparence et redoutez toute extériorisation autant que l'oiseau redoute le serpent.»[9] Continúa el autor polaco —también radicado en Francia— señalando lo absolutamente provisional de lo que llama *forma* la retórica tradicional. En definitiva, todo —*Pan*— es forma y el precio que se paga a cualquier restricción es demasiado alto: la libertad.

Ahora bien, si no existen reglas «exteriores» a la obra de arte, toda producción artística crea sus propias normas: su estructura. Así, la totalidad del producto adquiere coherencia. Por ello, Arrabal necesita «organizar» los materiales con que construye su primera novela.

La estructura narrativa de *Baal Babilonia*, se sitúa entre la carta y el diálogo de viva voz. En la primera versión del manuscrito final, aparecía de una forma constante, repetida en melopea obsesiva el objeto del «tú» que impregna toda la novela: «mamá». Aquella versión iniciaba así la narración: «Mamá, recuerdo que un hombre enterró mis pies en la arena.» Desde la primera palabra, el autor materializaba, en aquella versión, el objeto, el receptor del diálogo-carta. En la versión definitiva aquella y las constantes alusiones vocativas a la madre ausente, han desaparecido. *Baal Babilonia* gana así una gran libertad y un carácter de misteriosa evocación cuyo destinatario no se nos revela de una forma palmaria hasta mucho después, en la última frase del capítulo 20.

El lector debe descubrir quién es el destinatario del diálogo y lo habrá, sin duda, adivinado antes de llegar al capítulo 20, pero Arrabal se impone una regla que tiende a

---

9. Witold Gombrowicz, *Ferdydurke*, Col. *10/18*, París, Presses de la Cité, 1973, p. 94.

liberar el campo de expresión ampliando la significación —en realidad los campos semánticos— del texto.

Otra norma de autorregulación que Arrabal observa escrupulosamente en *Baal Babilonia*, es la repetición del todo y de las partes. A modo de memoria obsesiva, marca, a través de la repetición, el fluir inagotable de la realidad o, para decirlo de otra forma, la fijación del mundo real en un tiempo interior que fluye:

«La gente unas veces aplaudía muy fuerte y otras veces gritaba muy fuerte. Tía Clara, también, unas veces aplaudía muy fuerte y otras veces gritaba muy fuerte» (Cap. 21).

Lo mismo ocurre con la repetición de frases intercaladas en el discurso de la madre (Cap. 20) o que se repiten a modo de prólogo y epílogo de un mismo capítulo (Cap. 35).

En *Baal Babilonia* sorprende, desde el principio, el uso sistemático y también casi obsesivo de un tiempo del verbo: el imperfecto, generalmente de indicativo. Es sabido que los imperfectos suponen acciones imperfectivas y que suelen éstas expresar una acción en su transcurso o continuidad. Tanto Gili y Gaya como Pottier —por señalar dos ejemplos bien diferentes— han sentido el valor del uso del imperfecto en el lenguaje infantil. Dice el primero que «los niños se valen con frecuencia del imperfecto de indicativo, en lugar del futuro hipotético, para atribuirse los papeles que cada uno ha de desempeñar en el juego: *Yo era la princesa, tú eras la reina*, etc. [10]. Pottier difiere así: «La forma *llamaba*. Es un inactual de coincidencia, con valor de presente en el juego del niño "Tú *eras* el rey"...» [11]. Presente o futuro hipotético, la forma del imperfecto se impone como dominante en más de la mitad de los capítulos de *Baal Babilonia*. Con ella, Arrabal describe el pasado (Villa Ramiro, entrevista con la madre, recuerdo del padre, etc.) marcando de una manera clara su duración subjetiva. En cierto sentido se puede decir que la novela se construye en un *tempo* personal que el autor

10. GILI Y GAYA, *Curso superior de sintaxis española*, Barcelona, Vox, 1964⁹, p. 162.

11. BERNARD POTTIER, *Gramática del español*, Madrid, Ediciones Alcalá, 1970, p. 117.

regula para controlar su funcionamiento. La forma perfectiva del pasado y el presente son menos abundantes y el futuro sólo aparece en el capítulo 80, al concluir la obra y no de una forma explícita sino incoativa.

De manera igualmente sistemática, Arrabal confronta en *Baal Babilonia* niveles contrapuestos de la realidad. El pasado, aún concebido como actual, que llena la inmensa mayoría de las páginas de la novela, se ve enfrentado a la imposibilidad de ser presente en los capítulos que Arrabal dedica a desvelar el fluir de su realidad presente (Caps. 13, 20, 41, 44, 50, etc.). De igual forma contrapone su propia experiencia subjetiva a la objetividad del discurso. El pasado no es siempre pasado; el presente lucha por imponerse al mismo pasado. Lo mismo ocurre entre la memoria (tiempo pasado) y la imaginación (presente y futuro), la confusión del presente y la claridad del pasado, el amor pasado y el odio presente, el espacio puro de la infancia y el espacio degradado de Madrid y el sanatorio (Cap. 38).

4. LA ORDENACION PRESENTE
   DEL TIEMPO PERDIDO

Todos los elementos que hemos venido enumerando se organizan, en la novela, en varias «anécdotas» que progresan en el tiempo y en el espacio, pero no de una forma lógico-fotográfica —a la manera del devenir en la producción del llamado «realismo social»—, sino siguiendo la peculiar ordenación que el autor impone para marcar la autonomía de su universo imaginario. El devenir está —desde la infancia feliz y confundida hasta la toma de conciencia del engaño—, pero Arrabal se toma la libertad de afirmar que no es verdad aquello de que la distancia más corta entre dos puntos sea la recta. Puede serlo para los dentistas, guardias o los rectores de Universidad, pero no para el que ve la verdadera cara del engaño.

Así, pues, la realidad, como el devenir, adquiere en *Baal Babilonia* una entidad más real que ella misma. Cambia nombres, no —como los realistas— para despistar, sino para aclarar su función en la obra: la hermana, que se llamó Teresa —porque estudiaba en las Teresianas—, se individualiza como Elisa; la tía se llama Clara en oposición a su muy oscura función en la novela, aunque en la primera versión se llamaba Luisa; en aquella primera versión también Villa Ramiro era la Ciudad Rodrigo de la anécdota histórica. En el mundo imaginario de *Baal Babilonia*, la realidad se ordena de una manera imaginaria y por ello, precisamente, cobra estatuto de obra de arte.

Con la misma lógica, el autor ordena y selecciona el material «anecdótico», cambiando o integrando las instantáneas reelaboradas de la realidad vivida. Y esto se hace calculando cuidadosamente las posibilidades significativas de una u otra escena. Escenas, lugares, personas, en aparente desorden, sirven de tela de fondo al viaje al pasado —tiempo perdido— que, de alguna forma, ayuda a comprender el presente al héroe —sin nombre— de la obra.

En este sentido, podemos establecer dos planos:

Lo real: Ciudad Rodrigo, nombres, escenas «costumbristas» (toros, niños en la muralla, etc.), la ausencia de la madre (en la capital —Burgos—), pérdida del padre y desaparición del hermano de Fernando.

Lo real-imaginario: Villa Ramiro, nombres cambiados, selección y exposición de escenas destacando los aspectos más significativos para el propósito del autor, la madre como centro del mundo, el padre sustituido por la pipa —«Dr. Plumb»— que fumaba, desaparición del hermano para concentrar la acción y evitar reiteraciones.

Por otra parte, la incomunicación del héroe con su universo, se encuentra perfectamente expresada en la ausencia total de diálogos reales. Arrabal emplea diferentes fórmulas a lo largo de la novela para impedir la existencia de una comunicación cualquiera dentro de lo que en narrativa se conoce como estilo directo. Cuando puede evitarlo, opone el estilo directo al indirecto (la madre habla durante la entrevista y el hijo reacciona sin dialogar), y de esta forma lo evita. Cuando parece imposible, también lo logra, introduciendo pequeñas frases entre las intervenciones directas de los personajes:

Me preguntó:
«¿Qué haces ahí?»

Y yo le dije:
«Nada»
Me dijo:
«¡Pues vete!»
Y entonces me fui. (Cap. 69)

Fernando Arrabal presenta en *Baal Babilonia* la crónica apasionada de dónde y cómo se sitúa la génesis de su obra. En realidad, la forma novelesca le ofrece, como hemos visto, el marco adecuado para expresar el sistema de contradicciones que se encuentra en la base de su función creadora.

Para conseguir su propósito selecciona y ofrece varios núcleos significativos:

1.   La entrevista con la madre, en la que describe su progresiva toma de conciencia del engaño personificado en el personaje ambivalente (buena-mala, amor-odio) de la madre. Al mismo tiempo, la separación de la madre comporta su ruptura con un sistema, también contradictorio, que le ha engañado.

2.   El recuerdo —presente en la pipa— del padre, como elemento clarificador del engaño y catalizador del proceso de toma de conciencia del héroe que descubre su relación problemática con el universo que le rodea.

3.   Descubrimiento del yo, en las escenas con tía Clara, como estructuración de la líbido.

4.   El universo real que se presenta como:

Pasado

a) incomprensible; no hay posibilidad de comunicación, el diálogo no existe;

b) contradictorio; sus señales no siguen una ordenación lógica y fiable (Caps. 2, 11, 18, etc.);

c) feliz; los juegos, la familia amplia de la madre, el mismo amor por la madre;

d) hostil; la felicidad apuntada siempre aparece contrapuesta a su contraria: castigos, ausencias, etc.;

Presente

a) hostil; está en el sanatorio;

b) incomprensible; aparece la oposición entre el mundo auténtico y el inauténtico;

c) contradictorio; imposibilidad de encontrar un universo auténtico en el pasado;

d) feliz; existe la posibilidad de romper con el pasado y el sistema materializados en el aspecto represivo de la madre-engaño.

En realidad, *Baal Babilonia* se nos presenta como la transposición de la relación problemática establecida entre un héroe (el narrador) y un universo cerrado y hostil en el que se niega toda posibilidad de acceso a una vida auténtica. Dicha relación problemática ordena, en la novela, todos los aspectos significativos del pasado-presente del héroe sin nombre. Cuando describe el paisaje exterior del pasado (toros, Villa Ramiro, etc.) aparece la connotación de cerco ya señalada. Por otra parte, con la descripción del paisaje interiorizado del pasado surge la evidente incomprensión del funcionamiento del sistema que rechaza al héroe (capítulos de investigación formal, diálogos, etc.). De hecho, la relación problemática a que nos venimos refiriendo, establecida entre el héroe narrador y su universo, se ve determinada por la contradicción existente entre los dos núcleos «anecdóticos» más significativos de la novela:

— la visita a la madre como manifestación de lo inauténtico del sistema de relaciones propuesto por el pasado-presente del héroe;

— el recuerdo vívido del padre como opción imposible de una vida auténtica.

Esta oposición adquiere su verdadera significación al situar *Baal Babilonia* en el marco de su sociogénesis. Es evidente que el universo transpuesto por la madre contiene en grado sumo características propias a la España vencedora en la Guerra Civil. Por otra parte, el padre, detenido y condenado por los triunfadores, encierra el universo virtual de la España vencida, cuya existencia real de perspectiva auténtica de futuro es negada al héroe como también se negó la opción republicana —ahogándola en sangre— a los sectores vencidos de la sociedad española.

Vence el discurso imaginado por Arrabal las estructuras ideadas por los ordenadores del sistema instaurado tras la Guerra Civil, y su protesta se reviste del gesto airado y directo —pedrada que hace añicos el oscuro espejo del sistema— de quienes en España han sabido esperar el final del invierno unidos en la esperanza a los que comieron durante años el amargo pan del destierro.

En la figura del padre perdido y llorado, los hacedores de la paz sangrienta cortaron la cabeza del recuerdo. De los leales a la república fabricaron un Baal terrible y de la misma república fabricaron su Babilonia. Olvidaron, sin embargo, el recuerdo imborrable y humilde grabado en la memoria de un niño a quien su padre enterraba los pies en una playa de Melilla...[12].

Ángel Berenguer

---

12. *Baal Babilonia* aparece por primera vez en castellano en esta edición de Cupsa Editorial. Para fijar el texto castellano definitivo, hemos utilizado el manuscrito original que presentaba dos versiones, según hemos dicho. Una y otra versión fueron corregidas por el autor añadiendo cambios substanciales, que hemos respetado en nuestra edición. Por otra parte, hemos consultado las ediciones francesas y corregido el original castellano cuando el autor lo consideró oportuno. El título *Viva la Muerte*, que aparece en la segunda edición francesa (Col. 10/18) es, en realidad, el de la película. La novela mantiene su título original: *Baal Babilonia*.

BAAL BABILONIA

1.

Un hombre enterró mis pies en la arena. Era en la playa de Melilla. Recuerdo sus manos junto a mis piernas y la arena de la playa. Aquel día, hacía sol, lo recuerdo.

En un sobre guardas un montón de fotografías que he mirado algunas veces. Algunas de las fotos son amarillentas y no muy claras. Pienso que será un procedimiento antiguo de fotografía. Muchas de las fotos tienen una firma ilegible. Ahora ya sé de quién es. A menudo, debajo de ella hay una fecha; en ocasiones, una frase explicativa. En casi todas las fotografías estamos tú y yo: me tienes en tus brazos, me llevas de la mano, me ayudas a comer. Otras están cortadas por la mitad o les falta un pedazo.

Me has contado que iba detrás de ti agarrado al final de tu falda. También me has contado que, sin saber apenas hablar, un día me meé en medio de la sala y arrastrándote te llevé allí y te dije «guau-guau». Estas cosas me las has repetido muchas veces. Yo no me acuerdo de ninguna de ellas. Me acuerdo de otras cosas: me acuerdo de que un moro fue una mañana a casa con huevos y que tú los ibas metiendo uno a uno en un cubo lleno de agua; me acuerdo de que un día atravesé contigo por la noche la escala de un barco; y también me acuerdo de las manos del hombre y de mis pies enterrados en la arena y del sol de la playa de Melilla.

Tengo en mis labios la pipa «Dr. Plumb». Fumo tabaco barato y que me gusta, aquí le llaman gris. Como estaba un poco seco, ayer metí en la petaca unas cortezas de naranja. Hoy noto que el tabaco está fresco cuando meto los dedos en él. Como la pipa está bastante quemada, desprende un aroma que ma agrada. No me trago el humo; ya sabes que no he aprendido a tragármelo. Lo he intentado alguna vez con cigarrillos, pero no lo he logrado. La pipa es la «Dr. Plumb» de papá. Pienso que es posible que con ella sobre la mesa, papá intentara suicidarse en el penal.

2.

ABUELA DECÍA QUE TENÍA que llevar el pito a la izquierda. Como yo lo llevaba a la derecha, abuela decía que yo era mariquita.

Abuela decía que tenía que ir a mi cuarto desde el comedor atravesando el pasillo —era largo y oscuro—. Yo me quedaba detrás de la puerta del comedor acurrucado. Por el resquicio de la puerta me llegaba un rayo de luz del comedor. Cuando abuela descubría que aún no me había ido a la cama atravesando el pasillo —era largo y oscuro—, me llamaba mariquita.

Abuela decía que su padre la obligaba a ir por el pasillo, por la noche, para quitarle el miedo. Su padre le daba un hachón para que se alumbrara. Las sombras, decía abuela, iban y venían por las paredes. Abuela decía que su padre era severo. Siendo niña, tenía que arrodillarse a sus pies para quitarle sus botas de carabinero.

Abuela decía a la gente que venía a casa, que yo era mariquita; entonces yo me encerraba en el retrete. Abuela también les decía que llevaba el pito a la derecha teniéndolo que llevar a la izquierda como los hombres; entonces yo, metiendo las manos debajo de las faldillas, me lo ponía a la izquierda. Luego se me iba solo a la derecha.

En Madrid, tú también me obligabas a que fuera por el pasillo —era largo y oscuro— hasta mi cuarto por las noches. En Madrid me quedaba a la entrada del pasillo: a mi espalda estaba la oscuridad del pasillo. Por eso, me acurrucaba.

Ahora el pito ya se me ha ido a la izquierda, como a todos los hombres.

3.

La última vez que fui a verte, estabas sola en la casa. Tenías las persianas del cuarto bajadas. Apenas había luz en la habitación. A tientas me senté. Me dijiste: «espérate que cierre las ventanas, no quiero que los vecinos nos oigan».

Poco tiempo después, distinguí que estabas sentada en la butaca. Una tabla ancha que iba de oreja a oreja, te servía de mesa. Aunque estabas sentada contra el respaldo de la butaca, la tabla estaba junto a tu pecho.

Me hablaste durante una hora, lo recordarás. Como las ventanas estaban cerradas, los vecinos no oyeron lo que me dijiste. Como las persianas estaban echadas, los vecinos no vieron cómo llorabas y cómo de vez en cuando intentabas besarme y abrazarme.

Luego distinguí lo que tenías sobre la tabla de madera que te servía de mesa. Sobre la mesa tenías las cartas. Jugabas un solitario. Abuela decía que su padre, al final de su vida, jugaba solitarios y que para ganar se hacía trampas.

Mientras me hablabas distinguí que tenías los cabellos blancos. Pensé que era porque ya no te los pintabas. Antes, cuando te los pintabas en el lavabo, yo te ayudaba a llevarte lo que necesitabas.

Cuando me fui a ir, no quisiste abrir la luz del pasillo para no gastar tanto contador. Y yo, a oscuras, te besé junto a la puerta. Y tú, a oscuras, me besaste junto a la puerta y me abrazaste.

4.

Te peinabas sentanda frente al espejo y tus cabellos
—eran largos y ondulados— caían sobre el peinador.
Por la mañana ibas descalza y correteabas de un lado
para otro. En Madrid, los hombres te miraban, lo recuerdo, y también recuerdo — ¿tú no lo recuerdas? —
que tuve que intervenir varias veces.

Aquel día que me llevabas de la mano por la calle
y que aquel hombre se puso a tu lado para decirte
cosas, recuerdo que le di un empujón y que le insulté.
Cuando en Madrid nos llevabas a jugar al campo y te
sentabas en el suelo, junto a un pino, recuerdo que
cubría tus piernas con mi jersey para que los hombres
no te miraran.

Correteabas por la casa, descalza. Cuando volvías
de la oficina cansada, te desabrochabas la faja delante
de nosotros y entonces yo me iba de la habitación.

Por la noche, te dabas pomadas pringosas en la cara,
por eso me iba a la cama sin besarte. Por la mañana,
oía como correteabas descalza por la casa, preparando
las cosas. Luego entrabas en mi habitación y entonces
sí te podía besar, porque entonces no tenías la cara
pringosa.

5.

CUANDO LOS MOZOS ENTRARON EN LA PLAZA, algunos cayeron a la puerta. Luego entraron los toros. Tú no estabas entonces en Villa Ramiro.

Desde lo alto de las murallas habíamos visto cómo los jinetes caballistas traían los toros desde el campo. Luego corriendo llegamos a la plaza y nos sentamos en el tablado. Abuela y tía Clara también corrieron con nosotros, para no perderse la entrada de los toros en la plaza, pero como tú entonces no estabas en Villa Ramiro, no viste nada.

Cuando los toros entraron en la plaza, los mozos se subieron sobre las barreras y se escondieron en los burladeros. Los seis toros correteaban por la plaza impidiendo que pudieran recoger a los dos mozos heridos. Nosotros, desde el tablado, oíamos los pasodobles y veíamos a los toros correr. Pero tú estabas en la capital y tuve luego que contártelo todo.

Como hacía mucho calor, abuelo se quitó la chaqueta y abuela y tía Clara se arremangaron las mangas. Cuando los toros pasaban junto a nosotros, el sol se reflejaba en su piel que entonces brillaba. Los toros bufaban y corrían mientras la gente aplaudía y gritaba.

Luego, sacaron los cabestros, y los seis toros, tras ellos, entraron en los toriles y entonces recogieron a los dos mozos heridos. Cuando volviste a Villa Ramiro te lo conté todo, mientras con el dedo repasaba tus cejas —eran negras— y tu nariz.

6.

ERA AL FINAL CUANDO SE ME PONÍA DURA.

Tía Clara, como conocía de memoria todos los misterios del rosario —los gozosos, los gloriosos y los dolorosos— era quien dirigía todas las noches el rosario. Tía Clara sólo comenzaba sus «*Dios te salve María*» unos instantes después que todos habíamos terminado nuestro «*Santa María*». Pero no era entonces cuando se me ponía dura.

Mientras rezábamos el rosario, elegíamos lentejas o judías. Abuelo hacía cigarrillos con boquillas de cartulina enrollada y filtro de algodón. Abuelo cogía el algodón del rollo que utilizábais tía Clara y tú.

Tía Clara decía los «*Dios te salve María*» de los misterios primero, tercero y quinto. Nosotros, por lo tanto, rezábamos los «*Santa María*» de estos misterios. Tía Clara decía los «*Santa María*» de los misterios segundo y cuarto. Nosotros, por tanto, rezábamos los «*Dios te salve María*» de estos misterios. Pero, no era entonces cuando se me ponía dura, ni cuando se me mojaba la puntita.

Abuelo hacía los cigarrillos con un aparato metálico, cilíndrico y alargado. Para el filtro, abuelo utilizaba el algodón del rollo que tía Clara y tú manchabais de sangre, de vez en cuando, y que yo iba a ver a la caja de madera de la cocina.

Tía Clara, como conocía de memoria las letanías, era quien las dirigía. No era entonces cuando se me ponía dura y cuando tenía que cubrirme las ingles con las faldillas. Ni tampoco cuando rezaba, inmediatamente después, una oración en latín.

Abuelo, cuando tía Clara terminaba la oración en latín, se levantaba de la mesa y se iba al pasillo a fumarse un cigarro mientras paseaba de arriba abajo.

Era al final cuando se me ponía dura. Era entonces cuando tía Clara rezaba *padrenuestros* por sus intenciones. Era entonces cuando abuela le indicaba intenciones para rezar *padrenuestros*. Se me ponía dura y la puntita se me mojaba mientras contestaba a los *padrenuestros* de las intenciones de tía Clara y abuela cada noche más numerosas.

7.

Y yo TE PREGUNTÉ SI TÚ también te morirías.
    Y tú me dijiste: «Sí.»
    Y yo te dije: «¿Qué voy a hacer yo?»
    Y tú me dijiste que entonces ya sería mayor.
    Y yo te dije: «¿Y qué tiene que ver?»
    Y tú me dijiste que sí tenía que ver.
    Y yo te dije: «Bueno.»
    Y tú me dijiste que todos nos tenemos que morir.
    Y yo te pregunté si para siempre.
    Y tú me dijiste: «Sí.»
    Y yo te dije: «¿Y entonces, eso del cielo qué?»
    Y tú me dijiste que eso venía más tarde.

    Sí.

    Y yo te dije que te llevaría flores.
    Y tú me dijiste: «¿Cuándo?»
    Y yo te dije: «Cuando te mueras.»
    Y tú me dijiste: «¡Ah!»
    Y yo te dije que te llevaría flores y luego te dije:
«amapolas».
    Y tú me dijiste que más valía no pensar en eso.
    Y yo te dije: «¿Por qué?»
    Y tú me dijiste: «Porque sí...»
    Y yo te dije: «Bueno.» Y después yo te pregunté
si nos veríamos más tarde en el cielo.
    Y tú me dijiste: «Sí.»
    Y yo te dije: «Menos mal.»

    Sí.

    Y yo te pregunté que quién lo había inventado.
    Y tú me dijiste: «¿Qué?»

Y yo te dije: «Lo de morir.»

Y tú me dijiste: «Nadie.»

Y yo te dije: «¿Y lo otro?»

Y tú me dijiste: «¿Qué otro?»

Y yo te dije: «Lo del cielo.»

Y tú me dijiste: «Nadie.»

Y yo te dije: «Pues vaya.» Y luego te dije: «Pues vaya.»

Y luego te dije: «Entonces, cuando te mueras, tu estómago me servirá de tambor.»

Y tú me dijiste: «Eso no se dice.»

Y yo te dije: «¿Es que es pecado?»

Y tú me dijiste: «No.»

8.

Las murallas de Villa Ramiro son altas. Abuela nos había prohibido bajar al foso o jugar en las troneras. Yo, con mis amigos, bajaba al foso y veía desde abajo el cielo; las troneras se recortaban en él. Los amigos querían que yo también subiera por la pared del pasadizo, y yo también subía, aprovechando los salientes de las piedras.

Cuando venías de la capital, íbamos a esperarte a la estación. Abuelo nos llevaba en el coche de un amigo suyo y entonces yo veía, por la ventanilla, que los árboles de la carretera se movían en dirección contraria a la del coche. Tú nos traías pan en forma de barras y tebeos.

Tú mirabas los dibujos que hacía y, cuando estabas en casa, me ayudabas a hacer el mapa que todas las mañanas tenía que llevar al colegio. Tú de esto te acuerdas, muchas veces me lo has dicho. Sé que conservas mis dibujos en un cajón del armario junto al herborario que hice en segundo de bachiller.

9.

Me dijiste:
—«No he hecho otra cosa que sacrificarme por vosotros siempre. Si algunas veces no he sabido obrar todo lo bien que fuera necesario no lo achaques a mala fe sino—»

Breve pausa. Suspiro.

—«No soy nada más que una pobre mujer sin cultura y sin formación que ha hecho todo lo que ha podido por vosotros. Siempre he estado pendiente de vuestros más mínimos caprichos para satisfacerlos. ¿Qué otra madre sabes tú que haya hecho una cosa parecida?»

En la primera fila estaban colocados el rey de copas, el caballo de bastos, la sota de oros, el siete de copas, el seis de espadas y el cinco de copas.

—«Dime el nombre de una sola.»

Como la ventana estaba cerrada, los vecinos no oían lo que decías. Detrás de la ventana estaba la persiana verde con una cuerda en el centro, que la haría levantar, enrollándola, al tirar de ella.

—«¿Cuándo me has visto a mí, como al resto de las mujeres, divertirse o comprarse un capricho que me gustara o ir al cine o al teatro? Y bien sabes lo que me gustaría ir a los estrenos de teatro y, sin embargo, ¿cuándo me has visto gastarme cinco céntimos en ir a uno solo?»

En la segunda fila estaban colocados la sota de espadas, el siete de oros, el seis de bastos, el cinco de espadas y el cuatro de oros.

—«Nunca me he gastado nada en mí. Jamás. Y, sin embargo, cuántas mujeres de mi edad se divierten, van de un lado para otro, se gastan el dinero en trajes, en joyas, en perfumes... Tú no conoces nada de la vida, tú no sabes la vida que lleva la gente. Pero yo no he hecho nada de esto, y no porque no me gustara, sino porque he preferido sacrificarme totalmente por vosotros. Siempre me ha parecido todo poco para vosotros. Sólo he pensado, día y noche, en qué sería aquello que os pudiera agradar para hacerlo. Y si en ocasiones no he obrado como debiera, te repito que lo achaques tan solo a mi falta de cultura e inteligencia. Yo no he sido nada más que una pobre mujer que se quedó en seguida sin marido y que, sin nadie que la aconseje, ha tenido delante de ella una situación dificilísima de la que sólo ha salido adelante gracias a su trabajo.»

Como las persianas estaban echadas, los vecinos no te vieron mientras me hablabas.

10.

Iba al colegio de monjas con Elisa. Llevaba todas las mañanas el mapa de España pintado en la pizarra. Cuando tú estabas en Villa Ramiro, me ayudabas a hacerlo. Lo comenzaba por el Atlántico, haciendo primero un centímetro de costa francesa y terminaba por el Mediterráneo, haciendo otro centímetro de costa francesa. Las fronteras con Francia, con Andorra y con Portugal, las hacía con pequeñas cruces. Tú te sentabas junto a mí y me dabas indicaciones. Tus manos eran blancas y sin arrugas.

El día de tu santo te hacía un dibujo en una cartulina. Tú los guardabas en el cajón del armario. Abuela me ayudaba a hacerte los dibujos para el día de tu santo. Debajo del dibujo te ponía: «Viva Cristo Rey.» Las manos de abuela estaban arrugadas y llenas de venas.

El día de tu santo, venías a Villa Ramiro y comíamos, de postre, un helado. Tú tomabas un helado de fresa, Elisa de chocolate, tía Clara y abuelo de nata y abuela de vainilla. Yo tomaba, como tú, un helado de fresa.

El día de tu santo íbamos contigo de paseo a orillas del río. Y cuando los amigos del colegio pasaban al lado mío, se daban cuenta de que yo iba contigo.

Paseábamos por la alameda y yo te preguntaba el nombre de las flores y tú me lo decías. Desde la alameda veíamos la muralla, el puente y el castillo. Yo te preguntaba que quién había hecho el puente y tú me respondías que los romanos. Y yo te preguntaba que quién había hecho el castillo y tú me respondías que el rey Enrique de Trastamara. Y yo te preguntaba que cuándo habían roto la tronera de la muralla que faltaba y tú me respondías que durante el sitio. Como daba mucho sol, tú llevabas un sombrero: unas veces la raya de la sombra te caía debajo de los ojos, otras veces sobre los labios y otras veces sobre el pecho.

Cuando volvíamos de la alameda, mis amigos me veían contigo y entonces te cogía por la mano.

11.

Tú me preguntaste: «¿qué haces?»; y yo te respondí: «rezo».

Las camas eran de madera y en el verano, como había chinches, una vez por semana quemábamos los somieres metálicos con algodones inflamados en alcohol, y tapábamos los orificios que hacían en la pared con yeso.

Tú te acercaste a mi cama. Luego te fuiste a dormir. Yo seguí rezando *padrenuestros* lo más deprisa que podía.

Mi cuarto, en Villa Ramiro, estaba en comunicación con el de Elisa. En ocasiones, durante la siesta, nos pegábamos con los almohadones. Por la noche, Elisa y yo no nos pegábamos con los almohadones. Por las noches yo rezaba, hasta que me dormía, *padrenuestros*.

Mi cama era alta, la colcha era oscura y las paredes, por la noche, también eran oscuras. Yo rezaba *padrenuestros*, procurando no respirar, mientras tenía un sudor frío.

En el verano, como había chinches, un día por semana con un alfiler en la mano buscábamos los escondrijos que hacían.

Me dormía rezando *padrenuestros* lo más deprisa que podía y sin moverme. En las paredes oscuras se formaban bultos, por eso cada vez que abría los ojos los veía, por eso cuando los cerraba sabía que estaban sobre la pared.

Los chinches que los sábados recogíamos, los tirábamos al orinal que estaba lleno hasta la mitad de agua.

Más tarde, le recé muy lentamente los *padrenuestros*.

Como así no hacía trampas y pensaba en lo que rezaba, no me moría por la noche.

Cuando, más tarde, inventaron los insecticidas, dejé de dormirme rezando *padrenuestros* para que no me muriera por la noche.

12.

EN LA CAJA DE CARTÓN tampoco había fotos de papá. La caja de cartón estaba en el fondo del baúl de la alacena. Sólo había la pipa «Dr. Plumb» y un grupo de cartas y documentos. Como estabas en la oficina, no me viste entrar en la alacena, ni abrir el baúl con la llave del armario de la cocina.

La pipa «Dr. Plumb», es una pipa larga y con la cazuela bastante grande. Pienso que él, para usar una pipa tan grande, debería ser alto. En el baúl, junto a la caja, había también una cartera vacía.

Me acuerdo de que un hombre enterró mis pies en la arena. Recuerdo sus manos junto a mis piernas y el sol de la playa de Melilla.

Cuando abrí el baúl, sentí el olor de las bolas de naftalina. Las mantas cubrían la parte alta. En el fondo había una caja de cartón y dentro de ella un montón de cartas y documentos y la pipa «Dr. Plumb».

Como tú estabas en la oficina, yo cogí la pipa y la escondí entre mis cosas. Pienso que papá quizás sería bajo y que para compensar se compró una pipa tan grande como la «Dr. Plumb» que tengo ahora en mis labios.

13.

EL MÉDICO HA DICHO que tome remifón, PAS y estreptomicina. Cuando la enfermera entra, me doy la vuelta y me bajo el pantalón del pijama. Mientras me pone la inyección, yo me pellizco todo lo fuerte que puedo la cintura. Luego la enfermera se marcha, y te escribo.

El médico me dio quince días de vacaciones y fui a verte a Madrid. Me recibiste en el comedor con las ventanas cerradas y las persianas verdes echadas. Ahora, desde mi habitación, te escribo.

El médico deja que fume, por eso utilizo la pipa «Dr. Plumb». Desde la ventana de mi habitación veo como llueve. También oigo el ruido del desagüe de un canalón. Espero que suene la campana para bajar a cenar y te escribo.

El médico ha dicho que repose, yo por eso reposo. El médico ha dicho que ya puedo bajar a comer al comedor, yo por eso bajo. El médico ha dicho que tendré que quedarme un año más en el sanatorio, yo, por eso, me quedaré un año más aquí. El médico me permite escribir en la cura de la tarde, yo, por eso, te escribo.

14.

TE IBAS A LA OFICINA y entraba tía Clara. Ella me quitaba las sábanas y entonces yo me ponía los pantalones.

Rezábamos, arrodillados, las oraciones de la mañana. Tía Clara las dirigía y me ponía las manos juntas y estiradas. Tía Clara, mientras rezaba, cerraba los ojos y, de vez en cuando, miraba hacia el techo. Yo sentía su codo junto a mi codo.

Tía Clara me lavaba frotándome con un estropajo. Yo tenía frío y le decía:

—«Tengo ya quince años».

Me lavaba la cara y el cuello y me hacía daño. Tía Clara llevaba por encima el camisón y cuando se inclinaba, yo veía sobre el espejo un crucifijo colgado del cuello entre sus dos pechos.

Tú, antes de irte a la oficina —cuando vivíamos en Madrid—, me besabas porque no tenías la cara pringosa. Tía Clara, luego entraba en mi cuarto y me sacaba de la cama quitándome la sábana y yo me ponía los pantalones.

Tía Clara me lavaba las manos, la cara, el cuello y las orejas. Mientras me frotaba con el estropajo, sentía el peso del cuerpo de tía Clara sobre mi espalda. De vez en cuando me quejaba.

15.

Bajábamos al foso de Villa Ramiro, aprovechando los salientes de la pared. Abajo, buscábamos lagartijas para hacerlas fumar. Desde allí se veía muy alta la pared del castillo y las troneras de las murallas se recortaban en el cielo.

Desde lo alto de la muralla, veíamos el encierro, abuelo, abuela, tía Clara, Elisa y yo. Como tú estabas en la capital, no podías ver el encierro desde lo alto de la muralla. Nosotros lo veíamos desde allí y luego, desde un tablado de la plaza, la corrida.

Tú tampoco veías como construían la plaza con maderos. Nosotros desde el balcón de casa, lo veíamos. Y veíamos también cómo colocaban la escalera de mano, que llegaba desde el suelo hasta lo más alto del tablado, y por la que subían algunos mozos. Tú, como estabas en la capital, no oíste que abuela me dijo que yo, como era tan mariquita, cuando fuera mozo no me atrevería a subir por la escalera y tú, como estabas en la capital, no viste cómo me escapé de casa y subí todos los escalones de la escalera de mano, hasta llegar arriba del todo mientras abuela, tía Clara y Elisa gritaban.

16.

Tu sillón, que antes estaba forrado de una tela con dibujos de flores, ahora era de color verde oscuro. Cuando mi vista se acostumbró a la oscuridad, me di cuenta.

«Toda la vida sacrificándome por vosotros, toda la santa vida. Naturalmente bien sabía que un día no sólo no me lo agradeceríais, sino que encima me reclamaríais más. Pero no me importa, hijo mío: si lo que siempre has deseado es hacerme sufrir, hazme sufrir. No soy nada más que una madre deseosa de que su hijo consiga todas las satisfacciones. Todas, absolutamente todas, aunque para que lo logres tengas que destrozar mi pobre corazón de madre.»

La estatua del sagrado corazón de Jesús, seguía estando sobre la radio; debajo del pedestal había el mismo mantelito de siempre. Habías añadido, sin embargo, un par de floreritos con flores de trapo: el uno a la derecha y el otro a la izquierda del pedestal.

«No he podido hacer más de lo que he hecho. Bien lo sabe Dios. He intentado ser buena con todo el mundo, absolutamente con todo el mundo y, especialmente, con vosotros, que es por quienes he vivido. Mi ideal siempre ha sido portarme como Dios manda y creo que lo he logrado. No voy a decirte, hijo mío de mi alma, que nunca he cometido errores, pero sí quiero que sepas que cuando los he cometido, ha sido por descuido y que una vez que me he dado cuenta de ello, he rectificado inmediatamente.»

Ahora ya no tenías el teléfono pegado a la pared. Ahora tenías un teléfono de mesa con un largo cordón.

Así, cuando sonaba, tú, sin incorporarte, desde el mismo sillón, cogías el auricular y escuchabas.

«Ya dice el Evangelio que hasta el más santo de los hombres peca siete veces al día. ¿Qué no voy a pecar yo, pobre de mí? Yo no tengo la ambición de ser santa, yo no puedo llegar tan alto, yo soy una pobre mujer educada en un pequeño pueblo de Castilla. Yo no puedo ser santa. Pero sin embargo, he procurado no cometer ninguna falta nunca.»

La radio seguía estando a tu derecha sobre la mesilla de abuela. Sólo tenías que estirar la mano, sin moverte del sillón, para cambiar de emisión.

17.

Las palomas se arremolinaban en torno nuestro. Tú, detrás de mí, me mirabas arrodillarme y darles en la mano miga de pan.

Cuando una paloma se posaba en mi mano, me incorporaba dulcemente para no espantarla. Tanto se arremolinaban en torno nuestro, que temíamos aplastarlas al andar.

Y aquel día que te iba a presentar en mi mano aquella paloma que no se espantaba, para que la vieras y la acariciaras, te sorprendí mirando para otro sitio. Entonces fue cuando la paloma se espantó.

18.

EL PRIMERO LLEVABA LA BANDERA nacional. Junto a él iba una monja que le conducía. En la ventana, la madre superiora estaba rodeada de otras monjas. Uno detrás de otro marchábamos todos los niños del colegio cantando eso de «España fue la nación que más gloria conquistó».

En fila india, tras el abanderado, íbamos todos. Las monjas nos indicaban cuándo íbamos demasiado separados del de delante o cuándo alguno seguía de pronto a alguien que no debía. Y así, uno detrás de otro, cantábamos eso de «la Virgen del Pilar dice que no quiere ser francesa».

Seguíamos el compás de la música golpeando dos piedras. A los que habían salido en el cuadro de honor, las monjas les daban una campanilla. Y las monjas seguían el ritmo de la música sonando sus tapetas. Y todos cantábamos aquello de «La Virgen María es nuestra redentora».

Todos en fila —uno detrás de otro— llenábamos el patio formando un ovillo. Cuando era la madre Mercedes la que dirigía al abanderado, la fila interminable daba muchas vueltas. Al final era cuando nos parábamos y cuando la madre superiora gritaba tres veces: «¡Viva Cristo Rey!» y cuando todos nosotros respondíamos: «¡Viva!» al tiempo que hacíamos golpear las piedras y tocar las campanillas.

19.

Abuelo murió bajo el manto de la Virgen del Pilar.
Me dijisteis que entrara a ver a abuelo. Abuelo medio amodorrado me llamó por mi nombre. Como me dijisteis que le besara, yo lo besé, y le dije:
—«Abuelito.»
Como hacía algunos días que no lo afeitaban, su barba me picó. Sobre la cama tenía el manto de la Virgen del Pilar, debajo del cual habían muerto tía Micaela y otras amigas de abuela y de tía Clara.
Era, ahora me acuerdo, el 3 de noviembre.
Me dijisteis que saliera del cuarto y yo salí. Entonces oí como tía Clara, que se había quedado en el cuarto de abuelo, rezaba. Tú me dijiste que rezaba la recomendación del alma.
Aquella noche, desde mi cama oí como tía Clara rezaba. La oración, que luego repitió varias veces, hasta que me dormí, comenzaba así:
«Recomendación del alma —Papaíto reza conmigo— (Breve pausa)—. Si no puedes hablar, no te preocupes, reza mentalmente, Dios se hará cargo—. (Breve pausa.) Ahora que voy a morir, Señor mío, acepto complacido los dolores y sufrimientos de mi agonía, a fin de que sea merecedor del perdón de todos mis pecados...»
No recuerdo como continuaba la oración.
Después de cenar, desde aquel día, rezamos el rosario en el cuarto de abuelo. Mientras rezábamos, abuelo se tiraba pedos debajo del manto de la Virgen del Pilar y yo agachaba la cabeza para que no se dieran cuenta que me reía.
Abuela, tía Clara y tú, os relevabais a la cabecera de la cama de abuelo para rezarle la recomendación

del alma. Por las mañanas, tía Clara hacía una pequeña pausa para que le besara. Abuelo, medio amodorrado, me besaba y me llamaba por mi nombre. Yo le besaba y le llamaba:

—«Abuelito.»

Tía Clara me decía que saliera enseguida de la habitación porque no se podía fatigarle. Cuando salía del cuarto oía el rezar de tía Clara.

Como abuelo murió el 15 de noviembre, bajo el manto de la Virgen del Pilar, aquella noche, cuando rezamos el rosario en torno al cadáver, ya no se tiró más pedos.

20.

Cuando termino de fumar, vacío la ceniza de la pipa en el cenicero. Golpeo varias veces sobre él hasta que cae toda. Luego, la acerco a mi nariz y huelo la cazuela. La huelo largo rato.

Al lado del cenicero, tengo una caja grande de cerillas como la que tú tenías en la cocina. Al lado también está la bolsa de plexiglás que contiene el tabaco.

La pipa es la «Dr. Plumb».

Me han dicho que no lo haga. Una vez por semana lavo la pipa en el lavabo. No lavo la cazuela, sino el filtro. Las manos se me manchan de nicotina. Me han dicho que no lo haga.

La cazuela de la pipa ahora está muy quemada. Se ha formado en el interior una capa de costra. Por eso, ahora cabe, cada vez, menos tabaco.

La pipa es la «Dr. Plumb».

Por la noche, dejo la pipa sobre el cenicero junto a las cerillas y a la bolsa de plexiglás. Por la mañana, cuando me despierto nunca fumo. Comienzo a fumar después de desayunar. Siempre fumo tabaco barato del que llaman gris.

La cazuela se va llenando en su interior de costra. Tanta se forma, que llega un momento que casi no cabe tabaco. Por eso raspo el interior hasta quitarle toda la capa. Entonces, cuando vuelvo a fumar, ya no es lo mismo.

La pipa, mamá, es la «Dr. Plumb» de papá.

21.

La gente unas veces aplaudía muy fuerte y otras veces gritaba muy fuerte. Tía Clara, también, unas veces aplaudía muy fuerte y otras veces gritaba muy fuerte.

Abuelo me explicaba todas las cosas. Abuelo sabía muy bien cómo había que hacer aquello; por eso, algunas veces, cuando todo el mundo gritaba muy fuerte, él aplaudía.

Abuela, en el tablado, se reía más que en casa. Como estaba contenta, a veces aplaudía muy fuerte y a veces gritaba muy fuerte.

Abuelo me decía que lo principal era aguantar. Si no se lograba aguantar, no había nada que hacer. Abuelo sabía muy bien cómo había que hacer aquello; por eso, algunas veces, cuando todo el mundo aplaudía muy fuerte, él gritaba.

Como hacía mucho calor, abuela y tía Clara se remangaban las mangas de sus trajes y los hombres se quitaban la chaqueta.

Cuando le mataron, vi como le salía sangre a vomitones de la boca y como vacilaba de las patas tras mugir. Luego vi como el torero se secaba su mano llena de sangre. Mientras, la gente aplaudía más fuerte que nunca, y abuelo me explicaba los tres tiempos que hay que ejecutar para bien matar a un toro.

Todo te lo expliqué cuando viniste de la capital y además, para que lo comprendieras mejor, te hice una serie de dibujos que conservas en el cajón del armario, junto a mis felicitaciones y mi herborario.

22.

Las cartas estaban agrupadas de forma ordenada sobre la tabla. Mientras me hablabas, tenías en la mano un grupo de ellas:

«Hice cuanto estuvo en mi mano por todos y especialmente por papá y por tí. Tengo la conciencia bien tranquila. Nadie podrá decirme nada, absolutamente nada. Ya sabes que todo el mundo piensa que soy una pobre mujer viuda que ha sacado adelante a sus hijos a costa de mil esfuerzos. Todo el mundo lo sabe. Por eso todos me elogian. ¿Qué madre hubiera hecho algo parecido?»

Cuando hacías una pausa, se te formaba un mohín en la boca, como si fueras a llorar o como si fueras a gritar.

«Apréndelo de una vez: otra madre os hubiera puesto a trabajar a ti y a Elisa desde que tuvierais la mínima edad: a ti de botones en un banco y a ella de modista en un taller; pero yo no lo hice, yo preferí sacrificarme.»

En otras ocasiones, lo que decías es que me habrías puesto a mí de albañil, y a Elisa de obrera en una fábrica. Otras veces, lo que decías es que, cualquier otra madre nos hubiera metido a los dos en la inclusa. Hubo, también, otras temporadas, en las que lo que decías era que cualquier otra madre nos hubiera abandonado en cualquier rincón.

«Y yo no lo hice porque sólo pienso en vuestra felicidad y no en la mía. Nada más cómodo para mí que gastarme todo el dinero en divertirme. Y te aseguro, hijo mío, que no me hubieran faltado ocasiones. Tú aún no conoces nada de la vida. Tú eres un niño sin experiencia que todo, absolutamente todo, se lo debes a tu pobre madre mártir.»

El aparador estaba junto al pasillo. Tras el cristal ví, cuando me acostumbré a la oscuridad, los mismos platos y los mismos vasos que tuvo siempre. Sobre él había un florero con flores de trapo viejas y sucias.

«Papá y vosotros habéis sido mis únicas preocupaciones. Sólo he vivido por él y por vosotros. Mientras viví con él, no pude quererlo más. Cuando, jugándose su porvenir y el de sus hijos, os dejó abandonados para seguir sus ideas, yo os recogí y os eduqué de la mejor manera. Bien podéis afirmar que no habéis sentido su ausencia. Yo os he dado todo lo que él os debería haber dado si se hubiera portado como un padre amante de sus hijos.»

Cuando te interrumpí, dejaste el grupo de cartas que tenías en la mano y te aproximaste hacia mí. Yo me encogí, y contuve la respiración.

23.

Montábamos en el coche e íbamos hacia la estación de Villa Ramiro. Yo iba pensando todo lo que te iba a decir. Al salir por la puerta del Sol, quedaban atrás las murallas. Cuando volvía la cabeza veía el castillo de don Enrique de Trastamara y sobre él, los cuervos revoloteando.

Iba en el coche junto a abuelo y Elisa. Abuelo fumaba los cigarrillos con boquilla que hacía durante el rosario. El humo le salía de la boca cuando me hablaba y, como tenía la boca por dentro oscura, parecía que era un horno. A veces soplaba humo durante mucho rato y al final le salía un chorrito de humo por la nariz. Tú no tenías la boca como la del abuelo. La tuya era de color rosado y era húmeda. Además, tú no fumabas.

Si en vez de salir por la puerta del Sol, hubiéramos salido por la puerta de la Colada, entonces habríamos atravesado el puente, pero también habríamos visto las murallas y los cuervos revoloteando. Todo Villa Ramiro estaba rodeado de murallas; incluso la tronera que destruyeron durante el sitio, ya la habían reconstruido, por eso relucía de color más claro.

Cuando el coche llegaba a la estación, te esperaba. Mientras te esperaba, miraba todo lo más lejos que podía para ver si veía el tren. Luego oía el pitido del tren y por fin, mientras te esperaba, veía el tren a lo lejos. Cuando el tren se paraba, salía corriendo, y así me besabas el primero.

24.

No sé, MAMÁ, si le gustaba ver nevar a través de las rejas.

No sé, mamá, si en verano se entretenía, como yo, viendo el polvillo que hay dentro de los rayos de sol.

No sé, mamá, si le gustaba el rojo como a Elisa o el azul como a mí.

No sé, mamá, si le gustaba jugar con la arena de la playa.

No sé, mamá, si le gustaba pasearse por el puerto.

No sé, mamá, si en invierno dejaba la huella de su pie sobre la nieve para luego contemplarla, o si, en los días de sol, se paseaba entre las palmeras de los paseos de Melilla.

25.

EN EL CINE, EN LOS NOTICIARIOS sobre la guerra, veía
los aviones que caían envueltos en llamas. Entonces se
me cortaba la respiración y me daba cuenta de que la
sala estaba muy oscura.

Recuerdo que los aviones de los noticiarios de guerra
eran de metal y que, en las alas, tenían ametralladoras
con las que derribaban otros aviones que caían envueltos en llamas. Cuando veía esto ponía los pies sobre
el asiento y me encogía.

Una vez, uno de los aviadores logró tirarse en paracaídas y el paracaídas se enganchó en lo alto de una
chimenea de fábrica. Recuerdo la fotografía que vi en
el noticiario.

Entonces, casi siempre había un noticiario sobre la
guerra antes de las películas y, a veces, se veían en ellos
aviones que caían envueltos en llamas.

26.

El maestro de Villa Ramiro dijo que era una aurora boreal. Abuelo se había puesto el abrigo sobre el pijama. La gente se apretaba dentro de la plaza mayor. Cuando el maestro habló, la gente se calló.

El señor cura dijo que los revolucionarios habían incendiado los bosques. Abuelo me tenía cogido por la mano. La plaza mayor estaba llena de gente. La gente se calló cuando habló el cura.

En la oscuridad se veía el resplandor rojo que ocupaba una gran parte del cielo.

El maestro leyó en un libro la definición de aurora boreal. Abuelo, en zapatillas, oyó en silencio las definiciones. La plaza estaba llena de gente que se había levantado de la cama. Cuando terminó de hablar el maestro, los vecinos empezaron a hacer comentarios.

El señor cura dijo que los anarquistas habían incendiado los bosques. Abuelo no me soltaba la mano. La plaza mayor, llena de gente, estaba iluminada por un gran resplandor rojo. Algunas mujeres gritaban y lloraban.

Días después los guardias civiles se llevaron al maestro. Abuela dijo que se lo tenía bien merecido por anarquista y por revolucionario.

27.

Yo le dije a tía Clara que le iba a hacer daño. Ella dijo que la azotara más fuerte. Entonces, con la correa, la azoté más fuerte. Tía Clara dijo:

«Más fuerte aún.»

Yo le dije que le iba a hacer daño. Cuando la volví a azotar ella me dijo gritando:

«Más fuerte y más deprisa.»

Mientras azotaba a tía Clara oía su respiración.

Me escondí de ti, pero tú, cuando volviste, no me dijiste nada. No me reñiste, aunque hice una gran mancha en el calzoncillo.

Como tía Clara se sacrificaba por el alma de abuelo y abuela, tenía que azotarla muy fuerte, y por eso ella no chillaba. Sólo se oía su respiración. Tenía la espalda blanca y la piel era como la de tus brazos. Se ponía de rodillas y se tapaba los ojos con las manos.

Tú, mientras tanto, estabas en la oficina, y cuando volvías, a la hora de comer, no me decías nada, y cuando, el sábado, recogías mi muda, tampoco me decías nada.

Tía Clara, luego, se iba a su cuarto corriendo, sin haberme lavado la cara ni rezado conmigo las oraciones de la mañana.

28.

Cuando abuela se enteraba de que había bajado al foso, me castigaba a no merendar o a no salir el domingo.

Por muchas ganas de orinar que tuviera, me aguantaba durante toda la clase de la madre Isabel, por eso movía el pie de más en más.

Cuando decía palabras feas como pedo y como culo, abuela me ponía pimienta en la boca.

Cuando bajábamos al foso, después de la clase de la madre Isabel, jugábamos a quien meaba más alto contra la pared. Yo no ganaba. Mis amigos decían que era porque no sabía sacar el capullo, y que por eso de nada me servía el retenerme de orinar.

Cuando abuela me castigaba a no salir el domingo, miraba detrás de los cristales a la gente pasear por la plaza mayor. Cuando me reía, mientras rezaba el rosario, abuela me arrimaba las tenazas a la punta de uno de mis dedos; luego, me salía una ampollita llena de agua.

29.

Los vecinos, ni nos oían ni nos veían. Pienso que aunque la ventana hubiera estado abierta y las persianas levantadas, tampoco nos hubieran ni oído ni visto. Cuando llegué a casa, las luces de la escalera ya estaban encendidas.

En ocasiones te parabas para llorar; luego me decías: «Bueno, tengo que sobreponerme» y comenzabas de nuevo a hablar con el tono entrecortado.

En la oscuridad, al principio, sólo distinguía los bultos de los muebles y algunas cosas que brillaban un poco, como el teléfono y el cristal de la fotografía que estaba en la pared.

Aunque tenía ganas de fumar, no saqué la pipa y por eso no viste que la llevaba en el bolsillo. Sentado sobre una silla a tu izquierda, te escuchaba. A tu derecha tenías la radio y sobre ella la imagen del Sagrado Corazón de Jesús, con dos floreritos.

En ocasiones, terminabas una frase suspirando. Otras veces, comenzabas una frase suspirando. Incluso, a veces, en mitad de una frase, suspirabas.

Como estábamos en verano, la mesa camilla estaba sin faldillas. Cuando me acostumbré a la oscuridad, me di cuenta de que las sillas, tu butaca y el mantel de la mesa, hacían juego, en verde oscuro.

Los vecinos no pudieron oír ni ver nada, porque las persianas estaban echadas y la ventana cerrada.

30.

Tía Clara me despertaba todas las mañanas. Tú, entonces, estabas en la oficina y no sabías nada. Los domingos, como no tenías oficina, me ibas a despertar y luego, juntos, íbamos a misa.

Yo ayudaba a misa y cuando llegaba la comunión, era yo quien ponía la bandeja dorada debajo de tu barbilla y tú, entonces, sacabas la lengua —era roja y húmeda— y cerrabas los ojos. No podía decirle al sacerdote que tú eras mi madre porque, como estaba en misa, no podía hablar.

Cuando tocaba la campanilla, sabía que tú me estarías mirando, y cuando trasladaba el misal, sabía que tú me estabas mirando; pero yo no te podía mirar porque ya me habías reprendido algunas veces por volver la cabeza mientras ayudaba a misa.

Al final te iba a buscar, saliendo por la puerta que estaba al lado del altar mayor y llegaba por el pasillo central hasta tu sitio; así, todo el mundo se daba cuenta de que tú eras. mi madre.

Luego salíamos a la calle y yo te preguntaba que qué tal había tocado las campanillas, y que qué tal había trasladado el misal, y que qué tal había dado la comunión, y tú me decías:

«Bien.»

Y, a veces:

«Muy bien.»

31.

LA MÁQUINA DEL TREN TENÍA un letrero que no se podía leer a simple vista. Era un letrero pintado de negro, como el resto de la máquina. Sin embargo, poniendo la máquina del tren a contraluz, se podía leer lo que decía. Elisa y yo lo leímos.

Los reyes Magos le regalaron a Elisa una casa de muñecas y a mí una máquina de tren. La casa de muñecas de Elisa tenía una cocina con sus grifitos, con sus armarios llenos de latas de conservas minúsculas, de sartencitas y de pucheritos. En las ventanas había tiestos con sus florecitas. En la terraza estaban las letras recubiertas de pintura. Sólo se podían leer mirándolas a contraluz. Elisa y yo lo leímos.

Mi máquina de tren de madera era la reproducción auténtica de una máquina de verdad. Los reyes me la dejaron en mis zapatos.

Sobre la máquina de tren y sobre la casa de muñecas, se podía distinguir el mismo letrero: «Recuerda a tu papá.» Elisa y yo lo habíamos leído. Se lo dijimos a la abuela y ella nos retiró la máquina de tren y la casa de muñecas.

32.

Me llamaba y yo acudía a su cuarto. Tía Clara ya no se arrodillaba. Un crucifijo de metal presidía su cuarto. La azotaba con mi correa y ella, boca abajo, no rechistaba porque yo ya había aprendido a pegarle fuerte. Tan solo oía su respiración y, de vez en cuando, cómo decía: «Por el pobre abuelito, que en paz descanse.»

Tenía la espalda blanca, el trasero blanco con sus dos hoyitos y las piernas blancas. Tenía la cara pegada contra las sábanas, por eso no podía ver nada.

Luego se tapaba de prisa, con las sábanas, y, gritando, me pedía que me marchara del cuarto. Y yo me marchaba, con los calzoncillos manchados, corriendo por el pasillo.

Me llamaba y yo iba a su cuarto. Antes era ella la que venía al mío, y después fui yo quien iba al suyo. En las paredes de su cuarto había imágenes que representaban las estaciones del Vía Crucis. Pero ya no rezábamos las oraciones de la mañana ni me lavaba la cara con el estropajo. Ahora me esperaba desnuda, boca abajo, sobre las sábanas blancas.

33.

ME LO EXPLICASTE MUY BIEN, MAMÁ, y yo te dije que sí, mamá. Entonces me besaste, mamá.

Cuando me regalaste la fotografía tuya, mamá, que yo quería llevar en mi cartera, debajo del plástico, me pusiste una dedicatoria, mamá:

—«A mi querido hijo, aviadorcito en ciernes.»

Me lo explicaste todo muy bien, mamá, y yo te dije, mamá, que sí. Me dijiste, mamá, que el uniforme es muy bonito, mamá, y que las chicas se enamoran siempre de los cadetes, mamá, y que sería el honor de la familia, mamá. Yo, mamá, te dije que sí, mamá. Y tú, mamá, me besaste.

Me dijiste, mamá, que era tu sueño y que estarías muy orgullosa, mamá, yendo a mi lado. Yo entonces, mamá, te dije que sí.

Días más tarde, mamá, te dije que no, mamá. Tú, mamá, me dijiste que me echarías de casa, mamá, y me llamaste mariquita, mamá. Luego, mamá, te dije que sí, mamá. Y tú, mamá, me besaste.

34.

Tú, MAMÁ, COMO ESTABAS EN la capital no lo viste.
Luego, por eso, te lo tuve que contar todo.

Salimos de Villa Ramiro por la puerta del Sol.
Abuela y tía Clara se pusieron el velo de ir a misa.
A mí, abuela me puso una cruz prendida del pecho.

Por el camino había grupos de mujeres con velos.
A medida que nos acercábamos, había más cantidad
de gente. Tú no viste nada, tú, entonces, estabas en la
capital. Abuelo tampoco lo vio, porque dijo que tenía
que hacer.

Cuando llegamos a la puerta del cementerio nos
pusimos en la cola. Abuela y tía Clara hablaban con
las demás mujeres, pero ya se me ha olvidado de qué.

Cuando nos tocó el turno, entramos con un grupo de
mujeres. Era un patio pequeño que estaba a la entrada
del cementerio. Como Elisa y yo nos colocamos en primera fila, no nos tuvieron que subir sobre los hombros
como a otros niños.

En la pared de enfrente estaban los cuerpos con las
cabezas ensangrentadas. Las mujeres gritaban y escu-
pían a los cadáveres. Tía Clara les hechó con fuerza
un puñado de arena. Luego Elisa y yo hicimos lo mismo.

Tú, como estabas en la capital, no lo viste. Abuelo,
como dijo que tenía que hacer, tampoco lo vio.

35.

Tú DIJISTE MÁS FUERTE QUE NO tenía derecho a jugarse su porvenir y el de sus hijos.

«No fui yo quien se jugó el porvenir de sus hijos, sino él. Y no sería porque yo no se lo hubiera avisado. Ahí tienes la diferencia: yo siempre pendiente de vuestros deseos, dispuesta a toda clase de sacrificios, y él, sin preocuparse ni un momento de vosotros, se juega el porvenir, no sólo el suyo, sino el de sus hijos, por sus ideas. Todo destruido por él: la felicidad, la familia, la casa. Todo lo destruyó él. Por eso, toda mi vida no ha sido nada más que una lucha desesperada —¡no sabes tú bien, hijo mío, a costa de cuantos sacrificios!—, para reconstruir todo lo que él había destruido.»

Tu voz resonaba en la oscuridad de la habitación. Yo, sentado en una silla, a tu izquierda, te escuchaba.

«Como padre que era, lo que tenía que hacer es cumplir, lo primero, con sus deberes paternales. Y su deber era ponerse al lado del orden, de la moderación. Pero él se puso al otro lado: al lado de la anarquía, al lado del desorden. ¡Cuántas veces le advertí! ¡Cuántas veces le repetí que tenía que dejar sus pecaminosas ideas! ¡Cuantísimas veces! Tú no lo sabes bien. Tú, entonces, eras un niño.»

Las cartas se alineaban formando cuatro filas. Tenías otro grupo de ellas en la mano y, además, otro montón, dado la vuelta, sobre la mesa.

«Si hubiera cumplido con su deber, hoy estaría al lado de los vencedores. Hoy sería un padre como Dios manda. Pero él, todo se lo jugó por sus ideas. Todo, absolutamente todo: su porvenir, el de su mujer y el de sus hijos. ¡Cuántas veces le previne! ¡Cuántas veces le hice ver, en Melilla, que no tenía que tratar con tanta complacencia a sus subordinados infectados de doctrinas anarquistas y herejes! ¡Cuántas veces le advertí que no debía tomar parte en actos escandalosos para un padre de familia, cuyo deber es respetar el orden! ¡Cuántas veces! ¡Cuantísimas veces! Tú no lo sabes bien, tú, entonces, eras un niño.»

Tras la ventana cerrada, estaba la persiana verde. A través de la ventana cerrada se veían los remiendos que tenía la persiana.

Dijiste más fuerte que no tenía derecho a jugarse su porvenir y el de sus hijos. Te miré, pero ya no me mirabas.

36.

Cuando ya no quedaban amapolas, no podía recogerlas de los campos. No podía recogerlas y formar con ellas un ramillete.

Cuando ya no había más amapolas en los campos de Villa Ramiro, no podía reunir unas cuantas en un ramillete. Un ramillete de amapolas al que unía un poco de verde para que hiciera más bonito.

Pero en invierno ya no había amapolas en los campos de Villa Ramiro. Ya no había amapolas rojas sobre los campos amarillos de trigo o sobre las praderas verdes de hierba.

En verano, sí que podía hacer un ramillete con sólo amapolas rojas y un poco de verde. En verano, sí que podía, y en primavera.

Tenía que recogerlas y salir corriendo para poder dártelas enseguida, porque si no, se marchitaban. Las cogía con el rabo muy largo y así tardaban un poco más en marchitarse.

En Madrid, en los jardines, ya no volví a encontrar, ni siquiera en pleno verano, amapolas rojas para poder hacerte un ramillete con un poco de verde.

37.

Fue en matemáticas donde saqué mejores notas siempre.

Uno. Dos, dos. Tres, tres, tres. Sí. Uno, dos, tres. Sí.

Le pregunté que cómo que dos y dos son cuatro, y ella me lo explicó. Se lo volví a preguntar y ella me lo volvió a explicar. Luego se lo fui a preguntar otra vez, pero me callé.

La monja de la escuela te dijo que la única asignatura que se me daba bien eran las matemáticas, a pesar de que no tenía memoria.

Tres, tres, tres. Dos, dos. Uno. Sí. Uno, dos, tres. Sí.

La monja me dijo que dos más dos eran cuatro y que eso caía de su peso, y que dos sillas más dos sillas hacen cuatro sillas, y que dos lápices más dos lápices hacen cuatro lápices, y que dos gatos más dos gatos hacen cuatro gatos. Y yo le pregunté si las dos sillas eran iguales a las dos sillas. Y ella me dijo que sí. Y yo le dije que si eran iguales que el dos al dos. Y ella me dijo que sí, que claro que sí. Y luego le fui a hacer otra pregunta, pero me callé.

En Madrid, el profesor te dijo que en la materia que más destacaba era en matemáticas.

Uno, uno, uno. Dos, dos. Tres. No. Uno, dos, tres. Sí.

La monja me dijo que eso lo sabían todos, y yo me callé. La monja me dijo que esas cosas no se tendrían, ni siquiera, que explicar, y yo me callé. Y la monja me dijo que dos más dos son cuatro, que dos sillas más dos sillas son cuatro sillas, que dos gatos más dos gatos son cuatro gatos, que dos niños más dos niños son cua-

tro niños. (Esa vez la monja no me habló de lápices.)
Y yo me callé. Y luego le dije:

— ¿No es eso una trampa para que todo salga bien?
Y ella me dijo que no, que claro que no.

Fue en matemáticas donde saqué mejores notas,
tanto en Madrid como en Villa Ramiro.

Uno, dos, tres. Sí.

38.

Aquí, los niños no juegan a los toros. Aquí, los niños juegan al escondite, y mis compañeros, a las horas de recreo, a la petanca.

Cuando el músico, con un cucurucho de papel, tocaba la trompeta, los toreros, salíamos de un banco de la plaza Redonda de Villa Ramiro. Al compás de la música íbamos hasta el banco en el que estaba el presidente. Hacíamos una reverencia y nos poníamos detrás del círculo de arena que señalaba la plaza. El presidente tiraba la llave al caballista, y el caballista, con la llave en la mano, daba una vuelta a la plaza. Luego, abría la puerta del toril y salía el toro.

Abuela me había dado una capa roja. Abuelo me había dado un palo que me servía de muleta.

El toro sólo podía matar toreros cuando estuvieran dentro del círculo de arena que señalaba la plaza. El toro sólo podía embestir en línea recta y en dirección a la capa.

Aquí, los niños no juegan a los toros ni dicen olé. Aquí juegan al escondite.

Lo más difícil, era poner las banderillas, porque, entonces, el toro embestía hacia el cuerpo. Poniendo banderillas, a mí me mató, varias veces, el toro; por eso, a la vez siguiente, tuve que hacer yo de toro.

Algunos toros hacían trampas: ni embestían en línea recta, ni se tiraban hacia la capa, sino hacia el cuerpo. Abuelo me enseñó a dar chicuelinas, molinetes y verónicas. Casi siempre, cuando daba una chicuelina o un molinete o una verónica, el toro me mataba. Pero cuando tú venías a casa, en el pasillo, daba chicuelinas, molinetes y verónicas y tú me decías que lo hacía bien y, a veces, incluso muy bien.

39.

COMÍAMOS LOS CUATRO EN TORNO a la mesa camilla. Tú estabas en frente de mí. Detrás de ti estaba la foto de tía Clotilde y también, tras el cristal, dos fotos pequeñas de abuelo y abuela. Cuando mi rodilla tocaba la de tía Clara, yo la separaba.

Tú comías sentada en tu sillón de orejas y, así, entre plato y plato, te recostabas sobre la espalda. A tu derecha estaba la radio y sobre ella la estatua del Corazón de Jesús con un mantelito debajo del pedestal. Tú, desde tu sillón de orejas, podías buscar las emisiones. Tía Clara estaba a mi izquierda, pero yo no la veía.

Te incorporabas para comer y cuando te reías se te formaban dos hoyitos en las mejillas. La radio estaba colocada sobre la antigua mesilla de noche de abuela. En el cajón de ella (donde abuela guardaba sus medallas, sus pequeños devocionarios, sus pastillas), tú tenías una baraja, una gran agenda y papeles. En la parte de abajo de la mesilla (donde abuela ponía su orinal), tú guardabas la guía de teléfonos.

Tú me cortabas el pan y yo echaba el agua en tu vaso.

Cuando tía Clara hablaba de abuelo, decía:

«El pobre abuelito, que en paz descanse.» Y cambiaba de pronto de voz. Yo, en la mesa, no hablaba a tía Clara.

40.

Como salí de Melilla cuando sólo tenía tres años, ya no me acuerdo de casi nada. Tú has sido la que me has contado la mayoría de las cosas. Las cosas que me has contado de Melilla, me las has repetido varias veces. Yo me acuerdo de otras que tú no me contaste.

Como de Villa Ramiro salí a los ocho años, me acuerdo de muchas cosas. Como mientras vivíamos en Villa Ramiro tú trabajabas en la capital, yo te conté muchas veces algunas cosas que habían pasado y que tú no habías visto.

Luego vivimos juntos en Madrid hasta que vine aquí. Como que abuela y abuelo se murieron al poco de llegar, vivíamos sólo Elisa, tú y yo. También vivía con nosotros tía Clara.

Cuando me dieron los quince días de vacaciones, fui a verte. Me recibiste con la ventana cerrada y las persianas echadas. Cuando me marché, me besaste en la puerta a oscuras para no gastar tanta electricidad.

41.

Cuando me subo en la roca del parque en las horas de libertad, me quedo de pie y miro hacia el horizonte. Luego, cuando vuelvo a mi cuarto, me meto en la cama y espero. A menudo llueve —hoy también llueve— y oigo el desagüe del canalón, desde mi cuarto.

Antes no tenía derecho a ir al parque, por eso no podía subirme en la roca y mirar al horizonte. Ahora, en las horas libres, bajo al parque y doy un paseo hasta llegar a la roca.

Antes no me dejaban fumar, pero ahora ya me dejan; por eso fumo en la pipa «Dr. Plumb». Después de cenar, doy una vuelta por el parque y luego me meto en la cama. La enfermera, el primer día, se rio cuando vio que me había metido el termómetro en la boca. Me dijo que tenía que tomarme la fiebre en el trasero, y se rio.

Antes comía en la cama, pero ahora ya como en el comedor. Después de comer, doy un paseo por el parque hasta llegar a la roca. Me subo sobre ella y miro hacia el horizonte.

Cuando vuelvo a mi cuarto, me meto en la cama y espero.

42.

«¿Cómo quieres que te haya hablado de tu padre?
¿Para qué te iba a hablar de él? ¿Para que te sintieras
desgraciado pensando que tenías un padre indigno? Te
he ahorrado todas las posibilidades de sufrimiento:
ése ha sido mi único deseo siempre. Y si no te he hablado jamás de él, créeme que ha sido por el inmenso
amor que le tengo, a pesar de todo, y por el inmenso
amor que también tengo por ti. Mi conciencia está
bien tranquila. He obrado cumpliendo mi deber de
madre y mi deber de esposa.»

Tenías los párpados inflamados: debajo de los ojos
se formaban dos bolsas. Antes, por las noches, te dabas
pomadas en la cara, por eso iba a la cama sin haberte
besado. Decías que se te formaban manchas porque
estabas enferma del hígado.

«A pesar de todo, quise que le respetarais en el recuerdo, tanto tu hermana como tú. Y para que no
tuvierais ningún mal recuerdo de él, os callé siempre
todas sus faltas. ¿Qué necesidad teníais de conocerlas?
Ya podéis sentiros orgullosos de vuestra pobre madre
mártir. Os he evitado todos los dolores. ¡Todos!»

Tenías el cabello descuidado. Las canas se mezclaban
con tu pelo negro. Poco después de llegar, antes de
que mi vista se acostumbrara completamente a la oscuridad, me dio la sensación de que era gris. Antes, cuando te lo teñías tú misma en el lavabo, yo te ayudaba.

«¿Qué os podía decir de él que no fueran defectos?
¿Es que no era mejor para todos, para él —para su
recuerdo— y para vosotros, que no dijera nada? E incluso hoy, no toleraré hablarte de él. No te diré nada,
por mucho que me lo pidas. ¿Cómo voy a cometer la

crueldad de revelar a mis hijos todos los defectos y pecados de su padre? Un padre como el vuestro, que se jugó su porvenir y el de sus hijos, merece, sin embargo, el respeto del silencio. Y apréndelo, no toleraré que en mi presencia hables mal de él, por mucho que se lo merezca.»

Cuando llegué, tus ojos brillaban en la oscuridad como el teléfono y el cristal de la fotografía de la pared. Cuando me dijiste adiós, en la puerta, lloraste.

«Además, él nunca se preocupó de ti. Cuántas veces íbamos a la playa y en vez de quedarse contigo, como hace todo padre amante de sus hijos, se iba con sus amigos a charlar. Pero no te quiero decir nada malo de él. No quiero que tengas un mal recuerdo. No lo quiero ni lo tolero.»

43.

CUANDO ÍBAMOS AL RETIRO contigo, en verano, tú llevabas un traje blanco. Cuando dabas una vuelta, la falda se te levantaba casi como a las bailarinas. Me acuerdo de que te reías debajo de los árboles cuando yo te contaba cosas. En tu cara caían los rayos de sol que pasaban entre las copas de los árboles.

Tenías los labios rojos y el pelo negro y ondulado. Las mamás de los otros niños no tenían ni el pelo negro y óndulado ni el traje blanco que se levantaba al dar una vuelta.

Yo jugaba en la plaza del Pino a policías y a ladrones. Tú me veías jugar, sentada en el banco con tu traje blanco que tenía un cinturón de tela también blanca. Pero cuando yo hacía un buen regate, tú casi nunca te dabas cuenta y, entonces, yo no te miraba en un rato.

Cuando volvíamos a casa, te quitabas los zapatos y, descalza, correteabas de un lado para otro. Luego te desabrochabas la faja delante de nosotros y yo me iba de la habitación.

44.

En las fotografías de Melilla estamos tú y yo, pero él no está en ninguna de ellas. Y cuando te pedí que me lo enseñaras en una foto, me dijiste que no tenías.

En la foto de la primera comunión, estoy vestido de blanco al lado de la estatua de la Virgen. Aquel día, tú me llevaste a la iglesia y cuando me dieron de comulgar, la hostia no se me pegó al paladar como a Elisa; con la lengua la enrollé y me la tragué. Luego, cuando fui al retrete, miré con atención, pero no había nada.

En las fotos de Madrid, también está Elisa con nosotros. En la foto que nos hicimos en el paseo de Rosales, estamos los tres de pie. Tú nos tienes a los dos con las manos sobre nuestros hombros. Aquel día fue tía Clara la que sacó las fotos con la máquina de una amiga. Me acuerdo de que discutisteis sobre el modo de funcionamiento. De las ocho fotografías, sólo salió la primera. Tú dijiste:

«Ya había dicho yo que así no se podían hacer.»

Tía Clara dijo:

«Ya había dicho yo que de esa forma velaríamos el carrete.»

Ni las fotos de Villa Ramiro ni las fotos de Madrid están cortadas. Ni a las fotos de Villa Ramiro ni a las fotos de Madrid les falta ningún pedazo. Sólo a las fotos de Melilla les faltan pedazos que alguien ha cortado con tijeras.

45.

Me dijeron que con gasolina. Busqué la gasolina. No encontré gasolina. Entonces estaba racionada. Busqué la gasolina. Encontré la gasolina. Un hombre vendía gasolina para los mecheros. Compré la botellita. La llevé a clase. Me echaron de la clase. Quedé en el pasillo. Miré por todas partes. Vi que nadie se acercaba. Eché la gasolina en el radiador. Salí corriendo. Me refugié en el metro. Esperé una hora. Volví a la academia. La escuela no se había incendiado.

Cuando entraba en clase para seguir los cursos que daba una academia de Madrid, especializada en la preparación del ingreso a la Academia Militar de la aviación, me colocaba en los bancos del final, con lo cual lograba permanecer desapercibido ante los profesores a los que, cada vez que ibas a visitarlos, dabas órdenes muy precisas para que me atendieran de una manera muy especial porque, según tú decías, era necesario estar sobre mí a fin de que mi falta de gusto por la carrera fuera corregido a fuerza de perseverancia; pero conseguía, gracias al alejamiento del profesor, entretenerme en mirar las cabezas de mis compañeros e incluso las nubes que pasaban por el cielo y que veía a través de una ventana, que no hubiera podido ver estando colocado en las primeras filas, lo que me ocasionaba, a la larga, estar desatento a las explicaciones del profesor, el cual, al preguntarme, de improviso, se daba cuenta de ello, por lo que me reñía y, a menudo, me expulsaba de la clase, y te comunicaba por teléfono mi falta de interés por los estudios. Cuando llegaba a casa, tú me reñías de nuevo y me decías que no serviría para nada en la vida, que estaba desaprovechando los mejores años de mi vida, así como la mejor oportunidad de tener una situación tan honorable y tan llena de atractivos, como la de ser oficial del Ejército del Aire Español.

Me echaron de clase. Bajé a los sótanos. Abrí la puerta del cuarto de la calefacción. Frente a la caldera estaban las leñas. Cerré la puerta. Subí las escaleras. Fui hasta mi cartera. Saqué unas hojas de papel. Bajé al sótano. Encendí las hojas de papel con una cerilla. Abrí la puerta del cuarto de la calefacción. Eché el papel ardiendo sobre las leñas. Salí corriendo. Me refugié en el metro. Esperé una hora. Volví a la academia. Los bomberos estaban a la puerta. El director de la academia hablaba. Dijo:

«Se puede decir que no ha habido pérdidas.»

Dijo:

«Lo hemos cogido a tiempo.»

Dijo:

«Sin duda, una chispa de las calderas cayó sobre las leñas.»

46.

Tía Clara me lo puso en la parte alta del muslo con sus manos —frías, blancas y afiladas— y lo ajustó. Cuando entré, aquella vez, tía Clara no estaba desnuda y de espaldas sobre la cama. Tía Clara me esperaba de pie, envuelta en un quimono. Tú no sabías nada ni yo nunca te conté nada.

Yo miré al suelo, teniendo siempre la correa en la mano, pero aquel día tía Clara no estaba en la cama desnuda y de espaldas. Yo no la miré mientras me hablaba, ni siquiera cuando me lo puso.

Luego, fuimos juntos a misa y a comulgar. Mientras andaba me hacía daño y cojeaba. Tía Clara estuvo todo el tiempo de rodillas y yo también. Cada vez me hacía más daño.

Cuando llegamos a casa, tía Clara me remontó el pantalón y me quitó el cilicio. Estaba tan apretado que cuando me lo sacó con sus manos, el dolor se hizo más fuerte y me saltaron unas gotas de esperma.

Luego, de rodillas rezamos y, más tarde, tía Clara, de espaldas, se tumbó sobre la cama, desnuda, y yo la azoté. Pero tú no supiste nunca nada ni yo nunca te dije nada.

47.

Íbamos a la muralla y saltábamos por las troneras uno detrás de otro. Las troneras de junto al castillo eran estrechas y por eso las saltábamos todas seguidas. Las troneras que estaban a la espalda de la iglesia, como eran más anchas, no las podíamos saltar. Luego, por la pared del pasadizo bajábamos al foso.

Desde lo alto de la muralla veíamos la primera parte del encierro y también los coches de los franceses que, en caravana, huían hacia Portugal. Desde el foso se veía arriba el cielo y los cuervos revoloteando alrededor del castillo.

En el foso jugábamos a los toros y al látigo. Al látigo jugábamos con una taba. Al que le salía alto, era el rey; al que le salía bajo, era el verdugo; al que le salía espalda, pasaba, y al que le salía hueco, recibía tantos latigazos del verdugo como ordenaba el rey.

Como abuela me tenía prohibido bajar al foso y saltar por las troneras, procuraba no hacerlo. Como los amigos del colegio me llamaban mariquita si no les acompañaba, procuraba seguirles.

48.

Si la ventana hubiera estado abierta y la persiana subida, desde fuera no se habría visto ni oído nada. Tú no hablabas muy fuerte. Además, ya era casi de noche.

«¿De qué le servía negar los hechos? Eran cosas que conocía todo Melilla. Pero él, no contento con jugarse el porvenir, luego lo quería negar a sus jueces. ¿Para qué? Nada más que para aumentar el castigo que le podían infligir. Qué diferente hubiera sido si hubiera confesado todo desde el primer momento, como yo le dije que hiciera. Pero siempre fue un débil, nunca tuvo carácter. Cuánto mejor para él seguir los consejos de su amantísima esposa. Porque yo, a pesar de todo, siempre le quise con todo mi corazón e incluso hoy le sigo amando en el recuerdo. Ya ves: no me he vuelto a casar. ¿Y por qué? No creas que me han faltado proposiciones, pero he pensado en él y en vosotros. Le juré amor eterno y amor eterno le tendré. Además, no quise que vosotros tuvierais un padrastro.»

Cuando te callabas, oía el tic-tac del reloj de pared. Por las noches, te subías en una silla y abrías la puertecita de cristal del reloj y con una gran llave de hierro le dabas cuerda.

«Y yo te aseguro que no inventé nada. No dije nada más que la verdad, lo cual, a tu padre, no podía más que favorecerle en tales circunstancias. Pero él, como era de esperar dado su desagradecimiento, no sólo no me dio las gracias, sino que me injurió. ¡Qué cosas he tenido que oír yo, pobre de mí! Cuando más me he sacrificado por él y por vosotros, es cuando menos me lo habéis agradecido. Siempre velando, día y noche, por vuestra felicidad, para que al final me lo paguéis así. Pero ese es mi destino de madre mártir. Tú no lo sabes bien, te he ocultado todos mis dolores. Siempre he preferido sufrir en silencio. Como dice el Evangelio, que no sepa tu mano izquierda los cilicios que te pones en la derecha.»

Mientras me hablabas, no sonaba nunca el teléfono ni llamaron a la puerta.

«Yo no dije a los jueces nada más que la verdad. Lo que él debería haberles dicho desde el primer momento, para no aumentar el castigo que se merecía. Como siempre, como una esposa amante de su marido, busqué lo que sería mejor hacer, y lo hice. ¿De qué le hubiera servido el que dijera que no era cierto? De todas formas, le habrían condenado. Así, con mi testimonio, los jueces, al ver mi sumisión a ellos, estaban forzados a ser más indulgentes con él. Esto era lo que él debería haber hecho si hubiera estado en su juicio. Pero se empeñó en cerrar todas las puertas que le podían servir. Cuánto mejor para él y para vosotros, si se hubiera humillado desde el primer momento y hubiera confesado todas sus faltas. Pero él nunca supo dirigirse en la vida. ¡Qué hubiera sido de él sin mí!»

Sobre la mesa, sobre el teléfono, estaban las gafas que usas para leer. Seguramente, cuando llamé a la puerta, las tenías puestas para jugar a los solitarios.

«Nunca te he dicho nada de esto por el mucho amor que te tengo y para que no tengas un mal recuerdo de tu padre. He preferido silenciar sus pecados. Pero hoy que te revelo todo esto, quiero que sepas que tu padre no se contentó con ello, sino que llegó a insultarme y a decirme que lo había denunciado. Siempre he tenido que beber de los cálices más amargos. Siempre se me ha pagado con el mal cuando he hecho el bien. ¡Cómo se destroza con todo esto mi pobre corazón de madre mártir!»

49.

ME DECÍAS QUE MIRARA mi silueta en el espejo para asegurarme de que iba bien derecho. Tú te sentabas en una silla y esperabas a que yo entrara. Cuando entraba en el cuarto, me miraba en el espejo, avanzaba hacia ti y, por fin, te besaba la mano.

Me decías que no hiciera ruido al besarte la mano y entonces salía de la habitación. Tú me esperabas sentada sobre la silla. Al entrar, me miraba en el espejo, avanzaba hacia ti y, por fin, te besaba la mano.

Me decías que cogiera tan solo la punta de los dedos, y entonces salía de la habitación. Entraba y me dirigía a ti, que estabas sentada en una silla, tras haberme mirado en el espejo. Luego te besaba la mano sin hacer ruido y cogiéndote tan sólo la punta de los dedos.

Me decías que no te levantara la mano, sino que me inclinara hasta ella. Salía de la habitación y, a los pocos instantes, entraba y, tras mirarme en el espejo, me colocaba frente a ti y te besaba la mano sin hacer ruido, inclinándome y cogiendo tan sólo la punta de tus dedos.

Tú, entonces, me decías:

«Bien.»

Pero cuando llegaban las señoras a visitarte, yo no les besaba la mano y tú me castigabas, y yo te decía que me daba mucha vergüenza.

50.

Recuerdo que aquel día hacía sol en la playa de Melilla, mientras un hombre me enterraba los pies en la arena.

Me has contado que salimos de Melilla en un barco de pesca al que tuvimos que entrar por una escala de madera, sin ningún sitio donde agarrar las manos.

Mientras te escribo, fumo la pipa «Dr. Plumb». Es probable que con esta pipa en el bolsillo de su chaqueta oyera la sentencia.

Entre las fotos que tienes de Melilla hay una en la que estoy disfrazado de *pierrot*. Un hombre me tiene en sus brazos. Se ven sólo sus manos y un trozo de las mangas de la chaqueta. El resto está cortado con tijeras.

Tú, Elisa y yo —me lo has contado muchas veces— cruzamos el estrecho de Gibraltar en un barco de pesca y luego, viajando en tren, llegamos a Villa Ramiro.

La pipa «Dr. Plumb» es una pipa que tiene un filtro complicado. Cada semana lo limpio con detalle ya que la nicotina se queda pegada a las diferentes partes del complicado filtro de la pipa «Dr. Plumb» —«perfect pipe», «C.J V», «Best make»— de papá.

51.

Cuando la veía, no le decía nada y así nadie se daba cuenta de lo que pasaba. Si tenía que entrar en casa con ella, me esperaba para no tener que subir las escaleras juntos, y, si alguna vez la veía por la calle, me iba en dirección contraria.

Pero tú no sabías nada.

Por las noches, aprovechaba para irme a la cama cuando ella salía del comedor —para ir al retrete, o a la cocina, o a otro asunto— y así no tenía que besarla ni decir el «hasta-mañana-si-Dios-quiere-que-descanses».

Todas las mañanas, cuando me llamaba a su cuarto, sólo la miraba cuando se ponía de espaldas, porque entonces sabía que ella no me miraba. Y cuando se quejaba o decía «más fuerte», yo no le respondía. Por las noches, mientras rezábamos el rosario, que ella dirigía, no la miraba.

Pero tú no sabías nada.

52.

«Espíritu militar nulo», habían escrito en mi cuaderno de notas. Me pegaste con el metro de madera. Yo me encerré en el retrete. Lloré solo en el retrete. Me miré en el espejo y lloré.

Me dijiste que debía hacer un esfuerzo. Me preguntaste si lo haría y yo te dije que sí. Me dijiste que debía darte el gusto de aprobar el examen de ingreso en la Academia para que pudieras pasearte conmigo vestido de oficial del Ejército del Aire Español y yo te dije que te haría ese gusto. Me dijiste que tendría un porvenir brillante como militar, y yo te dije «sí».

«El alumno no muestra ningún interés por la milicia», «Espíritu militar nulo», «Espíritu militar nulo», «Espíritu militar nulo», «El alumno no muestra interés alguno por los estudios», «Espíritu militar nulo», «Espíritu militar nulo», «El alumno no muestra ningún interés por mejorar», «Espíritu militar nulo». Cada quince días, los profesores escribían sus comentarios sobre mí; por eso, tú me pegabas con el metro de madera; por eso, yo me encerraba en el retrete, y por eso, luego, me salían cardenales en los brazos y en la espalda que yo miraba en el espejo.

Cuando, después, tú me preguntabas si iba a ser un buen alumno, aunque sólo fuera por darte gusto, yo te decía «sí».

53.

El castillo de Villa Ramiro está situado junto a la puerta grande de la muralla. Los cuervos se refugiaban en él. Y cuando mis amigos echaban un petardo dentro, todos revoloteaban en el interior y luego salían. Yo nunca entré solo en el castillo.

Me dijiste que el castillo de Villa Ramiro fue construido por el rey Enrique de Trastamara para defenderse de los Moros. Todo el interior estaba vacío y sólo tenía una plataforma en la mitad y unas escaleras para subir a la terraza.

El castillo de Villa Ramiro era más alto que la más alta de las casas del pueblo. El castillo de Villa Ramiro estaba dividido en dos partes, como si un gigantesco dado hueco, de piedra, estuviera sobre otro mayor.

Incluso cuando hacía sol, el interior del castillo de Villa Ramiro estaba oscuro. Cuando entrábamos con los amigos, se oía el grajeo de los cuervos en las paredes. Yo nunca entré solo en el castillo.

Abuela decía que para quitarme el miedo me dejaría una noche entera dentro del castillo.

54.

En la oscuridad, sentada en un sillón, me hablabas.
Yo, sentado en una silla a tu izquierda, te escuchaba.
Mis pies, los metí sobre los barrotes de la silla. Tus
pies se apoyaban sobre un listón de la mesa. A veces
estirabas tu mano para acariciarme la cara y entonces
yo me separaba.

«He hecho mal en no enseñarte nunca la carta del
director de la prisión. La tengo bien guardada. Pero
no he querido enseñártela porque no he querido que
nunca supieseis ciertas cosas, a pesar de que sabién-
dolas tendríais motivos para admirar aún más a vuestra pobre madre. Pero ya conoces mi divisa de siempre:
despreocuparme de mí misma para poderme preocupar
de vosotros. Para lo que luego me ha servido...»

Suspiraste. Suspiraste una segunda vez. Luego te
callaste un momento.

«El director de la prisión me dice que bien se ha dado
cuenta, por las cartas que le escribía a tu padre, de que
soy una auténtica mujer española y cristiana. Así era
como comenzaba la carta. Luego, más de la primera
mitad la dedicaba a elogiarme y a reconocer todas las
dificultades que tenía para poder sacar adelante a mis
dos hijos. La conservo y la conservaré toda mi vida.
Si quieres, te la enseño.»

Tú y yo estábamos en el comedor de verano. Las
diez habitaciones restantes estaban vacías, los tres pa-
sillos estaban vacíos, la sala de baño estaba vacía, la
cocina estaba vacía.

«Si me la hubieras pedido, te la hubiera dejado. ¿Qué
me has pedido en toda tu vida que no te haya dado?
¿Qué necesidad tenías de leer esa carta a mis espaldas?

¿Cómo quieres que te diga que todo lo mío es tuyo, que yo no tengo ningún secreto para ti? ¿Qué necesidad tenías de ir, como un ladrón, a mi aparador aprovechando mi ausencia para leer esa carta? ¿Es que yo te la hubiera negado? Dime.»

El comedor de invierno tenía cerrados herméticamente sus dos balcones que daban a la calle. Al pasillo tampoco llegaba ninguna luz de las habitaciones que daban en él.

«Entonces, si las has leído, ¿qué puedo decirte que tú no sepas? Ya has visto con tus propios ojos como incluso las personas que me conocen poco, se compadecen de mi dolor y de mis sacrificios por sacar a mis hijos adelante. Ya ves, por otra parte, cómo él no reprocha mis pequeños errores, estos errores que una pobre mujer sola, sin nadie a quien consultar y sin cultura, como yo, era inevitable que hiciera. Porque mis errores siempre fueron insignificantes y sin mala intención, mientras que los de tu padre fueron conscientes, premeditados y monstruosos. Y el director no me reprocha mis errores, sino que me los indica, porque yo no me hubiera dado cuenta de ellos de otra manera. Yo siempre creo portarme bien, ya que mis intenciones son buenas. El director dijo que no escribiera más cartas como las que había escrito a mi marido, porque, según decía, después de su tentativa de suicidio había sufrido una gran depresión. Tu padre, con sus comedias, logró lo que quería: impresionar al director y hacerle creer que su salud mental era débil. ¿Y cuando se jugó el porvenir de sus hijos? ¿Cómo tenía su salud mental? Pero yo siempre he tenido que sacrificarme por todos. Por eso le obedecí: no le volví a escribir, yo no soy ninguna hipócrita, yo no podía escribirle diciendo que le felicitaba y que se había portado muy bien.»

Un perro, en el patio, dio un ladrido. Luego, dio un segundo ladrido. Debía ser un perro lobo.

55.

Yo pensé que podía comenzar diciendo: «Mi mamá es una flor» o bien: «Mi mamá es una rosa.» La monja me dijo que estaba bien. Yo le pregunté que qué era mejor, con rosa o con flor. La monja me dijo que con flor.

Yo pensé que podía comenzar diciendo: «Mi mamá es la más bonita flor.» La monja me dijo que no tocara más el primer verso y que buscara el segundo. Yo me puse a pensar en el segundo verso.

Pensé que podría decir: «Mi mamá es la más bonita flor, por eso la quiero más que a mi tambor.» Lo leí fuerte y vi que pegaba. La monja me dijo que era demasiado prosaico.

«Mi mamá es la más bonita flor-por eso la quiero con todo mi amor», «Mi mamá es la más bonita flor-que Dios la guarde con todo candor», «Mi mamá es la más bonita flor-desde España al Ecuador». La monja eligió: «Mi mamá es la más bonita flor-que Dios la guarde con candor.»

Cuando llegaste a Villa Ramiro, leíste mi poema en el comedor. Me entró mucho calor en la cara. Luego me besaste. Me lo aprendí de memoria. No lo he olvidado:

> Mi mamá es la más bonita flor,
> que Dios la guarde con candor.
> Yo la quiero de más en más
> y no la olvidaré jamás.

Y tú, mamá, ¿lo has olvidado?

56.

Yo FUMO EN LA PIPA «Dr. Plumb».
 Quizás él fumaba tabaco negro como yo.
 Quizás él no se tragaba el humo como yo.
 Quizás él echaba en la petaca cortezas de naranja como yo.
 Yo fumo la pipa «Dr. Plumb».
 Tú no fumabas nunca. Abuela tampoco fumaba nunca. Tía Clara tampoco fumaba nunca. Abuelo, como era hombre, fumó cigarrillos hasta que se murió. Abuelo se los hacía él mismo mientras nosotros rezábamos el rosario. Cuando había corridas de toros, abuelo fumaba un puro. Pero abuelo nunca fumó en pipa.
 Quizás él sabía hacer aros de humo como yo.
 Yo fumo la pipa «Dr. Plumb».
 Quizás él utilizaba cerillas y no un mechero como yo.
 Quizás él sabía echar el humo por la nariz como yo.
 Yo fumo la pipa «Dr. Plumb».
 Yo fumo la pipa «Dr. Plumb» de papá. Yo fumo siempre la pipa «Dr. Plumb» de papá, mamá.

57.

Yo SABÍA QUE TODOS lo mirarían si retiraba el libro. Yo sabía que si en clase no me ponían en los bancos que rozaban el muro de la derecha, todos me lo mirarían.

Tú mismas me lo habías hecho. Con un metro de costurera me habías tomado las medidas. Te habías servido de un patrón que hiciste de papel de periódico y que llenaste de alfileres.

Cuando hacía frío, podía llevar el abrigo por la calle. Cuando no hacía frío, no podía llevarlo. Cuando no hacía frío, llevaba la cartera pegada contra mí por la calle.

Con la máquina de coser lo cosiste tú misma. Yo te ayudé a enhebrar la aguja, porque tú decías que yo lo hacía más deprisa que tú. También te ayudé a llevarte las piezas.

Yo te dije que no me lo quería poner, pero tú dijiste que lo tenía que llevar. Por eso, en el recreo, no jugaba y me quedaba sentado en un banco con el libro; por eso, siempre que podía, me quedaba con el abrigo puesto en la clase.

Me lo probé frente al espejo. Me preguntaste si lo quería más largo o más corto. Yo te dije que lo dejaras así. Luego me preguntaste si quería el bolsillo en la costura o inclinado. Yo te dije que inclinado, como en la fotografía del periódico.

Cuando el profesor me dijo que saliera a la pizarra y cuando me pidió que me volviera hacia mis compañeros para repetirlo más fuerte, fue entonces cuando oí cómo uno de ellos dijo:

—Atiza, pero si tiene un bolsillo horizontal, ¡debe haberse puesto el pantalón al revés!

58.

Tía Clara me puso una toalla alrededor de cada muñeca, luego, me ató con una cuerda que unió a cada uno de los lados de la cabecera. Tenía las manos muy frías. Yo, tenía los ojos cerrados; cuando los abría veía la lámpara que había en el techo.

Tía Clara no me puso una toalla en torno a los tobillos. Me los ató con una cuerda a los pies de la cama, Sentí sus manos frías, pero no la miré.

Tía Clara me azotó con la correa. Para que no nos oyeran, yo no chillé. Luego los cogió a los dos con sus manos frías. Yo le dije que eso no. Tía Clara dijo que Cristo había muerto en la cruz por los hombres, que Cristo no había dudado en sufrir para salvarnos. Tía Clara me los apretó poco a poco. Entonces yo chillé.

Tía Clara respiraba como cuando yo la azotaba. Luego noté que pasaba algo distinto. Cuando todo terminó, tía Clara me dijo que tenía que ir a confesarme enseguida.

59.

En Madrid no matábamos todos los años el cochino como en Villa Ramiro. En Madrid no había bellotas para engordarlo.

En Madrid no había murallas, como en Villa Ramiro. En Madrid no quedaba sitio para poner las murallas.

En Madrid no había castillo, como en Villa Ramiro. En Madrid no había cuervos para meter en el castillo.

Aquí, no hay cerdos, ni murallas, ni castillo. Aquí, como casi no sale el sol y llueve mucho, no hay ni cerdos, ni murallas, ni castillo.

En Madrid no había amapolas en los campos como en Villa Ramiro. En Madrid se olvidaron de llevar amapolas a las floristerías.

En Madrid no había un foso, como en Villa Ramiro, para que los hombres fueran a mear. En Madrid, los hombres sólo meaban en sus casas.

En Madrid los asnos no andan sueltos por la calle, como en Villa Ramiro. En Madrid sólo hay un asno que da vueltas en la plaza de Oriente para pasear a los niños.

Aquí todavía no he visto ni amapolas, ni asnos, ni fosos. Aquí, de vez en cuando, meamos en un gran vaso que la enfermera se lleva para hacer un análisis.

60.

Las campanas del convento de monjas de clausura sonaron.

«¿Qué hubieras pensado si yo me hubiera suicidado al quedar sola con vosotros? Hubieras pensado, y con toda la razón del mundo, que yo era una madre indigna, que era capaz de abandonar a sus hijos en el momento que más la necesitaban.»

Las campanas del convento de monjas de clausura sonaron.

«Cuántas veces pensé yo también en suicidarme. ¿Y por qué no lo hice? Porque sabía que mi obligación era quedarme con vosotros para cuidaros y protegeros.»

Las campanas del convento de monjas de clausura sonaron.

«Hubiera sido una cobardía infinita. Hubiera sido la mejor solución para mí, si yo hubiera sido egoísta y si tan sólo hubiera pensado en mí.»

Las campanas del convento de monjas de clausura sonaron.

A veces, cuando me quedaba solo en casa, me desnudaba en frente de ias ventanas enrejadas del convento de monjas de clausura.

«Pero tu padre, no contento con todo lo que había hecho, incluso quiso suicidarse. Hasta el último momento le faltó valor para hacer frente a la vida. ¡Qué hubiera sido de él y de vosotros sin mí!»

Las campanas del convento de monjas de clausura repiquetearon.

«No se puede encontrar ninguna justificación. Y eso te lo digo yo que tanto le he querido. Tú eres aún demasiado niño para darte cuenta de todo.»

Las campanas del convento de monjas de clausura repiquetearon.

«El estaba en prisión; cuánto hubiera yo dado por estar allí, sin preocupaciones, sin tener que luchar por sacar a mis hijos adelante. Mi situación era mucho más dura que la de él, pero mientras que yo, como una madre amante de sus hijos seguía adelante, él intentó suicidarse.»

Las campanas del convento de monjas de clausura repiquetearon. Las ventanas estaban cerradas y las persianas echadas y, a pesar de todo, se oían repiquetear las campanas del convento de las monjas de clausura. Los balcones del comedor de invierno daban en frente de las ventanas enrejadas del convento. En ocasiones, cuando tú estabas en la oficina y, mientras, yo me quedaba en casa preparando las clases para la Academia Militar, me desnudaba frente a las ventanas del convento de las monjas de clausura y orinaba.

61.

Ninguna de ellas, ninguna, ni la mamá de los Pepitos, ni la mujer del sacristán, ni Doña Carmen, ni la mujer del médico, ni las monjas del colegio, ni las amigas de tía Clara —Mercedes, Lucía, Rosita, Isabel—, ni las señoras de las conferencias de San Vicente de Paul, ni la Sra. Rodríguez, ni abuela, ni las mamás de las amigas de Elisa —la mamá de Carmencita, la mamá de Lolita, la mamá de Nieves, la mamá de Pilar—, ni las vecinas de Villa Ramiro, ni las vecinas de Madrid, ni la ahijada de abuelo, ni Doña Consuelo, ni Asunción la criada de Villa Ramiro, ni Mari Carmen la asistenta de Madrid, ni Mari Carmen la costurera, ni la mujer del puesto de pipas, ni la mujer de Truman, ni Doña Rita, ni las enfermeras del sanatorio, ni Doña Esperanza, ni Doña Asunción, ni Greta Garbo —ni ninguna otra de las actrices—, ni la churrera, ni la mujer del presidente de Acción Católica, ni la Sra. López, ni la Sra. Sánchez, ni la mujer que vendía periódicos, ni tía Clara, ni Elisa, ninguna, mamá, ninguna era como tú.

Ninguna, mamá, era como tú. Ninguna. Me fijé muy bien, mamá, pero ninguna era como tú. Ninguna tenía la lengua húmeda ni las rodillas blancas como tú, mamá. Ninguna.

62.

CADA AÑO ENTRABAN NOVENTA CADETES en el Ejército del Aire Español: cuarenta pilotos, cuarenta del cuerpo auxiliar de tropas de Aviación y diez de Intendencia.

Aunque me llamaste mariquita, te dije que elegía Intendencia.

Tras cuatro años de estudios en la Academia Militar, los noventa pilotos se convertían en cuarenta tenientes pilotos, cuarenta tenientes del Arma de Tropas·de Aviación y diez tenientes de Intendencia.

A pesar de que me llamaste mariquita, me dejaste que eligiera Intendencia.

Luego, cuando te preguntaban qué estudiaba, tú respondías que para oficial del Ejército del Aire Español; y cuando te decían:

«¿Va a ser piloto?»

Tú decías:

«Va a ser oficial del Ejército del Aire Español.»

Y cuando te decían:

«¿Pero de los que vuelan?»

Tú decías:

«Va a ser oficial del Ejército del Aire Español.»

Aquel día que la vecina te preguntó:

«¿Pero será de Intendencia?»

Tú te callaste, y luego dijiste:

«Sí.»

63.

El murciélago tenía los ojos muy pequeños. Tía Clara estaba sentada sobre una silla, leía. El murciélago tenía la espalda cubierta de una piel fina. Tía Clara no llevaba medias. El murciélago, con las alas estiradas, permanecía inmóvil. Tía Clara estaba descalza. Los ojos del murciélago permanecían muy abiertos. Tía Clara tenía los pies desnudos y las rodillas desnudas. El murciélago tenía un hociquito en punta. La falda de tía Clara no cubría sus rodillas, ni sus zapatos sus pies.

El botijo estaba en un rincón de la cocina, cubierto por un paño húmedo. Las persianas estaban echadas y no dejaban pasar los rayos del sol. A veces se oía un ladrido en el silencio.

El murciélago tenía dos patas con garras minúsculas. Tía Clara leía y se abanicaba. El murciélago no podía escaparse. Tía Clara llevaba una bata escotada y sin mangas. Yo tenía agarrado al murciélago por las puntas de sus dos alas. Yo veía a tía Clara leer y abanicarse a través de la cerradura.

Aquellos días no tomábamos platos calientes. A menudo hacías un gazpacho con tomate, pan mojado en vino, gaseosa, trozos de chorizo y jamón, pepinillos, aceite y gajos de naranja.

Abrí la puerta del sótano y dejé al murciélago que revoloteara en la oscuridad. Tía Clara, con los pies y las rodillas desnudas, seguía leyendo y abanicándose cuando la miré por última vez a través del cerrojo.

64.

Yo TE DIJE: «El primero, honrar a Dios sobre todas las cosas.»

Y tú me dijiste: «Sí.»

Y yo te pregunté que qué significaba honrar a Dios sobre todas las cosas.

Y tú me dijiste: «Significa que hay que honrar a Dios siempre sobre todas las cosas.»

Y yo te dije: «¡Ah!» Luego te dije: «El segundo, no jurar su santo nombre en vano.»

Y tú me dijiste: «Sí.»

Y yo te pregunté que qué significaba no jurar su santo nombre en vano.

Y tú me dijiste: «Significa que no hay que jurar nunca su santo nombre en vano.»

Y yo te dije: «¡Ah!» Y luego, te dije: «El tercero, santificar las fiestas.»

Y tú me dijiste: «Sí.»

Y yo te pregunté que qué significaba santificar las fiestas.

Y tú me dijiste: «Significa santificar siempre las fiestas.»

Y yo te dije: «¡Ah!»

Uno, dos, tres. Sí.

Y yo te dije: «El cuarto, honrar padre y madre.»

Y tú me dijiste: «Sí.»

Y yo te pregunté que qué significaba honrar padre y madre.

Y tú me dijiste: «Significa que hay que honrar siempre padre y madre.»

Y yo te dije: «¡Ah!» Y luego te dije: «El quinto, no matar.»

Y tú me dijiste: «Sí.»

Y yo te pregunté que qué significaba no matar.

Y tú me dijiste: «Significa que no hay que matar nunca.»

Y yo te dije: «¡Ah!» Y luego, te dije: «El sexto, no fornicar.»

Y tú me dijiste: «Sí.»

Y yo te pregunté que qué quería decir no fornicar.

Y tú me dijiste: «Significa que no hay que fornicar nunca.»

Y yo te dije: «¡Ah!»

Cuatro, cinco, seis. Sí.

Y yo te dije: «¿Cómo?»

Y tú me dijiste: «¿Qué?»

Y yo te dije: «Que cómo no fornicar.»

Y tú me dijiste: «No fornicando.»

Y luego me dijiste: «Como dice el catecismo.»

Y yo te dije: «¡Ah!» Y luego te dije: «¿Pero cuándo?»

Y tú me dijiste: «Pues nunca.»

Y yo te dije: «¿Pero dónde?»

Y tú me dijiste: «En todas partes.»

Y yo te dije: «¡Ah!» Y luego te dije: «¡Ah!» Y luego te dije: «¿Es eso una de esas cosas para personas mayores?»

Y tú me dijiste: «Sí.»

65.

Unos meses después de abuelo, abuela murió bajo el manto de la Virgen del Pilar. Cuando llamaban a la puerta, tú y tía Clara os echabais a llorar. A veces, tía Clara lanzaba gemidos agudos. Yo pensaba en el infierno y en los mártires y en el suplicio de Damián; pero no bien dejaba de concentrarme, reía.

Habíais puesto un crucifijo de plata y un rosario de oro entre las manos de abuela. Tía Clara lloraba y vaporizaba perfume, aunque abuela olía cada vez peor. Yo miraba intensamente la llama de uno de los candelabros, pero las lágrimas apenas me corrían.

Abuela estaba de blanco y tenía la nariz repulgada. Cuando llegaron los enterradores, tía Clara, llorando y gritando, sacó el crucifijo y el rosario de las manos de abuela y los guardó bajo llave en la caja de hierro del armario. Yo pensaba en el diablo y en los esclavos romanos y en la operación de amígdalas, pero debía ocultarme el rostro con mi pañuelo para que nadie viese que me reía.

Después los hombres levantaron el ataúd y lo retiraron de la habitación, vigilando no golpear las paredes ni los cristales. Tía Clara lloraba más fuerte que nunca junto a la ventana, mientras sus amigas la sostenían. Fue entonces cuando me encerré en el baño y mi risa fue tan violenta, que los ojos se me llenaron de lágrimas.

66.

Las puertas de la habitación estaban cerradas, las ventanas estaban también cerradas. La habitación era un dado regular y sin aberturas.

«Tu padre no es que se volviera loco en la cárcel, tu padre siempre estuvo loco. ¿Quién que no estuviera loco podía cometer las faltas que cometió tu padre? Y que Dios me libre de decirte nada malo de él, de mi marido amantísimo. Toda la vida le he querido, le he cuidado, he estado pendiente de él. ¿Qué hubiera hecho otra mujer en mi caso? Tú eres aún muy niño para poderte dar cuenta de todo, no conoces la vida, yo te he suprimido todo sufrimiento. Otra mujer se hubiera vuelto a casar y os habría dado un padrastro. ¡Qué sencillo hubiera sido para mí! Así hubiera dejado de trabajar y de sufrir, pero yo no he querido hacerlo; en primer lugar, porque os he amado tanto, que sólo vuestra felicidad contaba para mí y, en segundo lugar, porque sólo podré amar a un hombre en mi vida: a mi marido.»

La habitación era como un dado regular de oscuridad. Poco a poco, fui distinguiendo las cosas dentro de él.

«Era yo quien tenía que haberme vuelto loca de dolor y sufrimiento. Pero he querido, a costa de mil esfuerzos, guardar mi equilibrio para poderos cuidar a todos, para sacaros adelante, a él y a vosotros dos. Vuestra obligación de hijos es agradecer todos mis esfuerzos y sacrificios. Otros hijos estarían besando el suelo que yo piso. Yo no os pido tanto: sólo os pido que sepáis reconocer lo que he hecho por vosotros.»

Las cuatro paredes —con las puertas y ventanas

cerradas—, el techo y el suelo, formaban las seis caras de un prisma cuadrangular regular. En el interior de él, tú me hablabas y yo te escuchaba. Cuando te callabas, se oía el tic-tac del reloj.

«Todo el mundo lo sabía, en Melilla. Pregúntaselo a quien quieras. Un hombre en sus cabales no habría obrado como obró. Por eso puedo afirmarte que no se volvió loco en la cárcel, sino que ya estaba loco antes. Las cartas que yo le escribí eran las cartas que cualquier otra mujer en mi caso —llena de dolor y de sufrimiento— hubiera escrito al hombre que era la causa de todo ello. Pero lo que no te tolero es que pienses mal de él. Le tienes que recordar, amar y respetar a pesar de todo, como lo recuerdo, le amo y le respeto yo. Su enfermedad mental excusa todas sus faltas, no lo olvides.»

67.

Cuando dejamos Villa Ramiro para trasladarnos a Madrid, lo traje en la mano en el tren y así no se arrugó.

Al principio, ponía muchos personajes. Luego, las hacía con pocos, y así, podía moverlos sin que se tropezaran.

Lo construí en Villa Ramiro con una caja de cartón. El interior quedaba iluminado con dos velas disimuladas.

Al principio, ponía muchos decorados pintados en cada pieza. Luego, sólo ponía uno —sin pintar— y así no tenías que esperar que los cambiara.

Como que a Elisa le aburría leer el texto, yo hacía todos los papeles cambiando de voz.

Al principio, los personajes entraban y salían muchas veces. Luego, los personajes no entraban ni salían casi, así tú seguías mejor lo que decían.

En Madrid, sustituí las dos velitas por dos bombillas de linterna.

Al principio, los personajes hacían cosas importantes. Luego, hacían las mismas cosas que nosotros y así, tú me hacías más comentarios.

En Madrid, lo coloqué en mi cuarto. De vez en cuando daba una representación para ti.

Al principio, dividía cada pieza en varios actos. Luego las hice más cortas, de un solo acto, y así tú no te distraías.

Cada personaje estaba colocado sobre una varilla de madera y así podía moverlos desde fuera.

Al principio, mi teatro era de cartón. Luego, en Madrid, hice uno de madera que a ti te gustó más.

Ni Elisa, ni tía Clara, ni abuelo, ni abuela, asistían a las representaciones. Sólo asistías tú. Ahora, como tú no estás aquí, yo las hago para mí solo.

68.

Veo como llueve sobre los cristales de mi habitación. Las gotas de lluvia resbalan, transparentes. El cielo, gris, está cerca y borroso.

Fumo en la pipa «Dr. Plumb» que estaba escondida con otras cosas de él, en el baúl de la alacena.

Llueve y se oye el desagüe de un canalón. Esta mañana ha comenzado a llover temprano. Son las tres de la tarde y sigue lloviendo.

Tengo en mis labios la pipa «Dr. Plumb» que te robé del fondo del baúl que está en la alacena.

69.

ME FUE A BUSCAR y entonces me encerré en el retrete con el pestillo. Cuando golpeó la puerta, me apoyé sobre ella y cuando me dijo: «Sal», yo no dije nada. Tú te acababas de ir a la oficina y por eso no sabías nada. Luego golpeó otra vez y me senté sobre el borde del baño.

Golpeó otra vez y se fue. Oí sus pasos y el portazo de la puerta de su cuarto. Luego no oí nada, a pesar de que pegué el oído a la puerta.

Entonces quité el pestillo y me senté de nuevo en el borde del baño. Luego, salí del retrete y me fui a mi habitación dejando la puerta abierta.

Cuando quise entrar en su cuarto me dijo:

«No entres.»

Y me detuve en el umbral. Tú estabas en la oficina y por eso no sabías nada. Tía Clara estaba en su cuarto, sin hacer ruido, mientras yo esperaba, detrás de la puerta, con las dos toallas en la mano.

Me preguntó:

«¿Qué haces ahí?»

Y yo dije:

«Nada.»

Me dijo:

«¡Pues vete!»

Y entonces me fui.

70.

Yo DIJE «bueno».
Tú dijiste «sí».
Ella dijo «desde luego».
Nosotros dijimos «bueno».
Vosotros dijisteis «sí».
Ellas dijeron «desde luego».

Yo diría «no».
Yo diré «bueno».
Yo digo «a lo mejor».

Di «sí».
Digamos «sí».
Decid «sí».

Yo dije «sí».
Tú dijiste «eso, sí».
Ella dijo «desde luego que sí».
Nosotros dijimos «sí».
Vosotros dijisteis «eso, sí».
Ellas dijeron «desde luego que sí».

Yo dije «sí».
Yo había dicho «sí».
Yo he dicho «sí».
Yo decía «sí».

Yo habría dicho «no».
Yo diría «no».

Yo diré «bueno».
Yo habré dicho «bueno».

¿Yo dije?
¿Tú dijiste?
¿Ella dijo?
¿Nosotros dijimos?
¿Vosotros dijisteis?
¿Ellas dijeron?

Sí. Yo dije.
Tú dijiste.
Ella dijo.
Nosotros dijimos.
Vosotros dijisteis.
Ellas dijeron.

71.

En la noche, los tambores de los romanos sonaban: plan-rataplán-plan-planplán.

Tía Clara, descalza, llevaba una cruz de madera y sus pies atados con unas cadenas largas de un metro. Cuando pasó frente a nosotros, abuela gritó:

«¡Hija mía!»

Los tambores de los romanos sonaban.

El paso del Ecce Homo se paró. Los mozos lo reposaron sobre sus andas. El monaguillo les fue dando, uno a uno, vino de una bota. A la mitad, otros dos monaguillos que llenaban una garrafa, llenaron la bota.

Los tambores de los romanos se callaron. Alguien, desde un balcón, cantó una saeta a Jesús Sacramentado.

Uno de los mozos dijo:

«A la una, a las dos y a las tres.»

El paso del Ecce Homo se puso de nuevo en marcha. Los mozos tenían las camisas húmedas de sudor y rotas por el hombro.

Los tambores de los romanos sonaban: plan-rataplán-plan-planplán.

Pasaron tres penitentes con tres cruces como la de tía Clara. Llevaban en los pies cadenas largas como las suyas. Uno de ellos arrastraba mucho los pies.

Los tambores de los romanos sonaban.

El obispo pasó vestido con una capa bordada de oro. Dos curas le llevaban el pan. Detrás del obispo iban varios curas vestidos con una especie de blusas blancas.

Los tambores de los romanos sonaban.

Pasaron los encapuchados. Entre las dos filas de encapuchados avanzaba una penitente de rodillas, apoyándose en una niña de unos siete años. La penitente lloraba mientras rezaba fuerte.

Los tambores de los romanos sonaban.

Pasaron dos penitentes llevando cruces y cadenas como las de tía Clara. Uno de ellos cayó. Se levantó y prosiguió su camino.

Los tambores de los romanos sonaban.

Pasó un penitente con una cruz más grande. Avanzaba lentamente. A sus pies llevaba atadas dos gruesas cadenas de unos cuatro metros de largo. Las mujeres gritaron, algunas lloraron. Y como Elisa tenía ganas de orinar, abuelo se la llevó a un rincón y orinó, en cuclillas, el trasero al aire.

En la noche, los tambores de los romanos sonaban: plan-rataplán-plan-planplán; plan-rataplán-plan-plan-plán.

72.

Me dijeron que era la orquídea. Entonces, yo, entre todas, elegí la orquídea. La metieron dentro de una caja de plástico y te la regalé. Luego te dije que, cuando fuera oficial del Ejército del Aire Español, te regalaría, todas las semanas, una caja de plástico con una orquídea dentro.

«Yo no busqué nada más que tu felicidad. Yo, ¡pobre de mí!, con la mejor intención del mundo, Dios lo sabe, supuse que, para tí, nada sería mejor que ser militar.»

En la habitación, cerradas las puertas y las ventanas y echadas las persianas, me hablabas sin mirarme casi nunca.

«Hoy serías oficial. Tendrías un buen sueldo, una buena colocación y una situación de prestigio. ¿Qué otra madre —madre de verdad— no te hubiera aconsejado que siguieras esta carrera? Porque yo, no hice nada más que aconsejarte. Tú bien lo sabes. Fuiste tú quien te decidiste.»

Entre todas, elegí la orquídea. Y cuando el dependiente me preguntó que de qué color, yo le respondí el más caro. Y me dio una azul.

«No puedes imaginarte el dolor tan grande que fue para mí tu falta de aplicación. Y si traté, por todos los medios que estaban a mi alcance, de que mejoraras, bien puedes comprender que fue por el extraordinario amor que te tengo y por el deseo tan grande que tenía de verte hecho un hombre de provecho.»

En la habitación, estabas tú a mi derecha y yo a tu izquierda. De vez en cuando, me mirabas un instante.

«Estaba desesperada. Yo soy una mujer sin cultura,

sin formación. Qué diferente hubiera sido todo, si mis padres me hubieran dado la formación que yo os he dado a vosotros. Yo no conocía la gravedad de tu enfermedad. ¡Si al menos hubiera tenido unos estudios elementales de medicina! De todas formas, no podrás quejarte jamás: siempre te he dado lo que ha estado en mi mano. Y si cuando caíste enfermo, no hice contigo ningún extraordinario fue, que lo sepas bien, primero, porque con mi sueldo miserable no podía hacer más de lo que hice; segundo, porque yo no conocía la gravedad de tu enfermedad, y tercero, porque supuse que era un truco para no estudiar.»

En Villa Ramiro había amapolas. En Madrid no había amapolas. En Madrid me dijeron que la mejor era la orquídea.

«Y tú, tomándote la justicia por tu mano, te fuiste de mi lado. Mi corazón ha quedado destrozado, pero te dejo que hagas lo que quieras, a pesar de que, como menor de edad que eres, podría hacerte volver. Pero, como siempre, lo que cuenta para mí es la felicidad de los demás y no la mía. Cuánto mejor estarías cuidado por tu madre, que no por extraños. ¿Qué te hubiera faltado junto a mí?»

En la habitación, me hablabas mirando casi siempre a los naipes.

73.

EL NIÑO ESTABA EN EL CENTRO, sobre un montón de pajitas recortadas con tijeras. El niño, como era muy pobre, sólo tenía un calzoncillo para taparse sus cosas, pero, como era Dios, tenía una corona de hojalata dorada.

El lago estaba dentro de la tapadera de una caja redonda de pastillas. Encima del agua del lago, había un pato de corcho que, como le pesaba la cabeza, en cuanto me descuidaba, se ponía vertical. En el fondo del lago, había un pez pintado de rojo.

Como el niño tenía frío y no había calefacción, detrás de él se habían colocado un burro y una vaca que le calentaban con su aliento. El burro estaba a su derecha y la vaca a su izquierda.

Del cielo caía, colgada de un hilo, una estrella con lentejuelas para señalar a los reyes magos donde estaba el niño. Para que pudieran llegar con facilidad, había un camino de polvo de arena amarilla en medio del campo verde de musgo.

Como era de noche, el cielo de papel azul oscuro estaba salpicado de estrellitas de papel de plata. Para que se supiera de qué se trataba, en el borde y con letra de caligrafía, puse: «Este es el portal de Belén en el que nació el niño Jesús el día 24 de diciembre», en una tira de papel.

Por la noche, después de rezar el rosario, tía Clara dirigió unos villancicos y yo me senté sobre tus rodillas.

74.

EL NO CONOCIÓ MI TEATRO de cartón ni, más tarde, mi
teatro de madera.

Recuerdo que un hombre me enterró los pies en la
arena de la playa de Melilla.

No sé si a él le hubiera gustado ver mi teatro como
a ti, o le hubiera aburrido como a Elisa.

Recuerdo las manos del hombre junto a mis piernas
y la arena de la playa de Melilla.

El no supo que aprendí a ayudar a Misa y, más tarde,
a montar en bicicleta.

Recuerdo que el sol iluminaba las manos del hombre,
mis piernas y la arena de la playa de Melilla.

No sé si a él le hubiera gustado verme ayudar a
Misa como a ti o le hubiera disgustado verme montar
en bicicleta como a abuela.

75.

(Un demonio quemaba las almas sacrílegas en una celda del infierno.)

Primero ocurrió lo de tía Clara, luego fui a la iglesia, luego me puse en la cola para confesarme, luego salí de la iglesia, luego volví a entrar, luego me puse en la cola para confesarme, luego llegó mi turno, luego le dije que fue en sueños, luego me dio la absolución, luego salí de la iglesia, luego volví a casa,

luego salí de casa, luego volví a la iglesia, luego me puse en la cola para confesarme, luego llegó mi turno, luego le dije que no había sido en sueños, luego me dio la absolución, luego salí de la iglesia, luego volví a casa,

luego salí de casa, luego volví a la iglesia, luego me puse en la cola para confesarme, luego llegó mi turno, luego le dije que no había sido en sueños, luego le dije que había hecho un sacrilegio, luego le dije que tenía que ponerme más penitencia, luego salí de la iglesia, luego volví a casa,

luego salí de casa, luego me dirigí hacia la iglesia, luego me detuve, luego volví a casa, luego llegué a casa, luego me metí en la cama y por fin recé *padrenuestros* hasta que me dormí.

(Un demonio quemaba las almas sacrílegas en una celda del infierno.)

76.

Abuela se reía cuando lo contaba. Tía Clara se reía cuando lo contaba. Abuelo, mientras lo oía, fumaba. Elisa se reía oyendo lo que decían. Yo también me reí. A ti te lo tuve que contar cuando viniste de la capital.

El estribillo era: «¡Viva María!, ¡viva el rosario!, ¡viva santo Domingo que lo ha fundado!»

Abuela dijo que era antes del alba. Tía Clara dijo que serían las cuatro de la mañana. Abuelo, mientras las oía, fumaba. Elisa las escuchaba. Yo también las escuchaba. Tú no podías escucharlas: tú estabas en la ciudad.

Después del estribillo venía la canción: «El demonio, a la oreja te está diciendo, no reces el rosario, sigue durmiendo.»

Abuela dijo que se pasaron al menos una hora cantando debajo de la ventana del maestro. Tía Clara dijo que el muy hereje ni rechistó. Abuelo fumaba su cigarrillo. Elisa las escuchaba y se reía; yo también las escuchaba y me reía. Luego, cuando viniste a Villa Ramiro, te lo conté todo.

El estribillo decía: «¡Viva María!, ¡viva el rosario!, ¡viva santo Domingo que lo ha fundado!»

Abuela dijo, cuando se lo llevaron, que se lo tenía bien merecido por anarquista. Tía Clara dijo, cuando se lo llevaron, que se lo tenía bien merecido por ateo. Abuelo, cuando se lo llevaron los Guardias Civiles, fumaba un cigarrillo.

77.

EL HOMBRE ME ENTERRÓ los pies en la arena. Era la
playa de Melilla. Recuerdo sus manos junto a mis
piernas y la arena de la playa. Aquel día hacía sol, lo
recuerdo.

Me has contado que en Melilla no quería besar a nadie y que un día tiré por la ventana la preciosa muñeca
de Elisa. Yo no me acuerdo de ninguna de estas cosas.
Tú me las has contado muchas veces.

Encima del sobre que guardas en el armario has
puesto: «Fotografías de Melilla.» En las fotografías estamos tú y yo y también Elisa. A algunas fotografías
les falta un pedazo. Alguien las ha cortado con tijeras.

Yo no me acuerdo de las cosas que me has contado
muchas veces de Melilla. Yo recuerdo mis pies enterrados en la arena y las manos del hombre junto a
mis piernas.

78.

Lloraste.

«Mi conciencia está bien tranquila. Siempre me he portado lo mejor posible, como madre y como esposa. Hoy soy una pobre mujer viuda que no espera nada más que morir. La juventud ha pasado para mí. Yo ya no soy nada más que una mujer vieja. El mundo es para vosotros, los jóvenes.»

Lloraste, por eso te interrumpiste al hablar.

«Tú fuiste mi chiquitín, mi tesoro. ¡Cuánto te he querido, hijo mío! ¡Y cuánto te sigo queriendo! ¡Cómo me gusta mirar las fotografías en que estás en mi regazo! Entonces sólo tenías ojos para mí. Entonces no querías estar con nadie ni besar a nadie, sólo querías estar conmigo. Y yo, ufana, te paseaba por Melilla.»

Lloraste.

«Papá murió. Quizás haya sido mejor para todos. ¡Qué dura carga hubiera sido! Además, fue castigado por sus faltas. No olvides que hasta Dios castiga a los culpables. La Biblia dice: "Castigaré a Baal en Babilonia." Pero es necesario que lo sepas: yo no tengo nada en la conciencia. Yo sólo he vivido para vosotros. He sido siempre demasiado buena.»

Lloraste.

«Dime que lo reconoces.»

Te dije que sí y lloraste.

«Dime que piensas que he sido una buena madre y una buena esposa.»

Te dije que sí y lloraste.

«Pídeme perdón.»

Te pedí perdón y lloraste.

«Bésame.»

Te besé y lloraste.

Luego, con las luces apagadas, fuimos por el pasillo hasta la puerta. Yo, a oscuras, te besé otra vez, en el corredor. Y tú, a oscuras, me besaste y me abrazaste.

79.

ELLOS —Y ELLAS— ME DIJERON que ahora todo es muy diferente, que ahora se curan las enfermedades, que ahora se viaja con gran rapidez, que ahora la humanidad ha progresado y que el bienestar ayuda a la felicidad. Tú también me lo dijiste. Cuando yo les hice una pregunta, ellos me respondieron. Luego ya no hice preguntas.

Ellos me dijeron que había que amar a la patria, que había que sacrificarse por ella, que había que sentirse orgulloso de sus héroes, que había que respetar el orden del país, que había que denunciar a los traidores, que había que odiar a los enemigos. Tú también me lo dijiste. Cuando yo les hice una pregunta, ellos me respondieron. Luego ya no hice preguntas.

Ellos me dijeron que la familia era sagrada, que había que respetar a los padres, que había que agradecerles el habernos criado, que había que obedecerles, que había que quererles hicieran lo que hicieran. Tú también me lo dijiste. Cuando yo les hice una pregunta, ellos me respondieron. Luego ya no hice preguntas.

Ellos me dijeron que teníamos que agradecer a Dios el habernos dado la vida, el no habérnosla quitado, el habernos dado una posibilidad de salvarnos. Tú también me lo dijiste. Cuando yo les hice una pregunta, ellos me respondieron. Luego ya no hice preguntas.

Luego ellos me dijeron que tenía que hacer aquello, yo entonces ya no hice preguntas y lo hice. Luego me dijeron que tenía que ir por allí, yo entonces ya no hice preguntas y fui por allí.

80.

Te pregunté: «¿Por qué los judíos son malos?
 Me respondiste: «Porque sí; todo el mundo lo sabe.»
 Te pregunté luego: «¿Por qué los anarquistas son malos?»
 Me respondiste: «Porque sí; todo el mundo lo sabe.»
 Te pregunté: «¿Por qué papá era judío?»
 No me respondiste nada.
 Te pregunté luego: «¿Por qué papá era anarquista?»
 No me respondiste nada.

Sí.

Te pregunté: «¿Los judíos son los que mataron a Jesucristo?»
 Tú me dijiste: «¡Sí!»
 Te pregunté luego: «¿Los anarquistas son los que ponen bombas para matar a la gente?
 Tú me dijiste: «¡Sí!»
 Te pregunté si yo sería judío cuando fuera mayor.
 Tú me dijiste: «¡No!»
 Te pregunté luego si yo sería anarquista cuando fuera mayor.
 Tú me dijiste: «¡No!»

Luego añadiste que yo era bueno y me besaste.

Sí.

Impreso en el mes de marzo de 1983
Talleres Gráficos DUPLEX, S. A.
Ciudad de la Asunción, 26
Barcelona-30